학교 밖 아이!
꿈꾸는 아이!

학교 밖 아이!
꿈꾸는 아이!

천재는 노력의 결과물이다

김태순

생각나눔

김영만 교수 추천사
『대화하는 엄마, 공감하는 엄마』

우선, 원 운영과 내 아이의 바른길로 가는 힘든 여정이 쉽지 않았을 텐데 참으로 힘든 용기를 낸 원장님께 찬사를 보냅니다.

저에게 제니는 학부모님과 아이들과 함께하는 엄마가 하는 일에 약간의 질투도 내고, 엄마가 이해할 수 없는 어리광도 피우는 한 아이로 기억됩니다. 그래도 씩씩하게 자기의 의견도 피력하고자 하는, 거침없이 도전하는 제니의 모습이 보입니다.

물론 엄마의 역할도 컸을 것 같습니다.

그 수많은 어려움을 헤치고 한 아이의 성장 과정과 엄마의 보이지 않는 많은 고뇌가 이렇게 글로 표현이 되어 아이를 키우는 많은 우리의 엄마들의 귀감이 되지 않을까요?

인성교육이라는 말은 많이들 들어보셨을 겁니다. 아이와 항상 대화하고 같이 놀아주고, 아이의 공감에 같이 들어가 엄마로서의 역할이 아니라 가까운 친구 같은 엄마의 역할이라는 것은 결코 쉬운 일이 아니랍니다.

그러나 원장님은 해냈습니다. 항상 제니와 긴 대화도 하였고 같이 많은 여행을 다녔고, 집 떠나 혼자 공부할 때는 보이지 않았지만 항상 곁에서 지켜주었습니다.

그러한 모든 일, 한 아이의 제대로 된 성장을 위해 많은 노력을 한 모습이 가감 없이 보입니다. 고생하셨고 수고하셨습니다. 그 수많은 좌절과 희망을 글로 표현한다는 것조차 엄두도 못 낼 일인데 원장님은 해내셨습니다.

특히 제니의 유년기와 사춘기 등을 겪으면서 오는 여러 가지 힘든 일들을 그대로 글로 옮겨주었고, 엄마로서의 해야 할 일들은 새겨 보면서 하나하나 차근차근 아이의 생각과 공유하면서 교육의 장을 열었던 부분은 감동입니다.

많은 사람의 컨설팅도 받고 학교 밖의 아이들도 만나고 수많은 어려움을 짊어지는 등 여러 과정들을 세심하게 기억하고 표현해주어 아이를 키우는 많은 엄마들이 새로운 기회와 영감을 받을 수 있으리라 생각합니다.

종이접기아저씨 김영만
(마산대학교 아동놀이방송심리과 초빙교수)

양 진 이사장 추천사
『새로운 교육의 기준을 세우다』

4차 산업은 우리에게 많은 혼란을 가져왔습니다.

산업혁명시대 객관주의 교육을 경험하면서 획일화된 교육을 받은 부모가 전혀 다른 세상을 살아가야 하는 아이들에게 새로운 교육의 바로미터를 제시한다는 것은 생각보다 훨씬 어렵습니다.

지금 있는 직업의 약 70%가 없어지고 새로운 직업을 만들어야 하는 세상에서 아이들에게는 어떤 교육을 준비해 줘야 할까요?

작가는 딸의 경험을 통해 새로운 교육의 대안을 제시했습니다.

학교 안의 공교육도 물론 중요하지만 때로는 넓고 큰 세상의 경험이 줄 수 있는 교육적 효과는 더 많을 수 있습니다.

단, 아이들을 끝까지 믿고 지지해야 한다는 아주 중요한 요건이 있습니다. 작가는 그 모범적 사례를 만들어내고 현재 유아교육기관장으로서 많은 부모님께 좋은 교육을 하고 있습니다.

이 책을 통해 부모가 정말 아이들을 위해 어떤 준비와 교육의 기준을 세워야 하는지 알 수 있는 참교육서라 생각합니다.

(사) 출산육아교육협회 이사장 양 진

주대준 이사장 추천사
『4차 산업혁명시대의 맹모삼천지교』

일본 식민통치 영향으로 해방 당시 우리나라의 문맹률은 80%가 넘었다. 즉 10명 중 한글을 읽고, 쓸 수 있는 국민은 한두 명에 불과할 정도로 심각한 문맹 국가였다.

우리말과 글을 사용치 못함은 물론 교육까지 금지당했던 일본식민지를 겪으며 우리 부모들은 배움에 목이 말랐고, '문맹과 가난을 대물림하지 않겠다는 부모들의 강렬한 교육 열정'이 오늘날 '교육 강국 대한민국'을 만들었다.

해방 당시 국민소득 45불로 세계에서 가장 못살던 나라가 오늘날 세계 10대 강국으로 빠르게 발전한 원동력이 바로 '교육의 힘'이다. 오바마 전 미국 대통령은 재임 기간 중에 수차례에 걸쳐 '한국 교육의 우수성'을 칭찬한 바 있다.

원고를 읽어 가면서 느낀 것은 저자, 김태순 씨는 이 책의 주인공 '제니'의 어머니를 넘어 '대한민국 어머니의 표상'이라는 것이다. 딸(제니)의 캐릭터를 인정하면서 글로벌 인재로 성장하도록 혼신의 힘을 쏟았다. "천재는 노력의 결과물이다."라고 표현한 것처럼 제니는 타고난 재능과 지능지수(IQ)도 우수하지만 놀라운 집중력과 완벽을 추구하는 노력, 많은 독서량을 통해 미래를 바라보는 혜안과 통찰력을 터득하며 '4차 산업혁명시대'를 선도하는 글로벌 인재의 역량을 쌓았다.

4차 산업혁명은 AI라는 인공지능이 실제 인간의 두뇌를 대체하는 新산업으로 기술 혁신은 물론 전 세계 질서를 새롭게 만드는 동력이 되고 있다. 대표적으로 교육이 4차 산업혁명시대의 최첨단 IT기술을 만나면서 학습의 패러다임이 바뀌고 있다. '교실이 없는 시대'가 도래하고, 2012년 미국 샌프란시스코에 기반을 두고 설립된 '미네르바 스쿨'은 캠퍼스나 학교 건물 등 실체가 없는 대학교인데 하버드대학보다 입학이 더 어려울 정도로 전 세계 인재가 모이고 있다. 미네르바 스쿨의 나라별 순환교육에 착안하여 '콘코디아-미네르바 3개국 학위 프로젝트'라는 '선택과 집중'의 혁신적 교육 시스템은 지난 100년 동안 한 캠퍼스에서 4년 동안 학문을 연구하는 곳으로 각인된 '대학교'의 개념을 바꾸어 버렸다. 4차 산업혁명시대의 변혁된 대학교육시스템의 최대 수혜자가 바로 이 책의 주인공(제니)이다. 제니는 16세에 고등학교 과정을 검정고시로 졸업하고 '콘코디아-미네르바 3개국(한국, 싱가포르, 영국) 학위 프로젝트'로 한국, 싱가포르에서 대학교 3년 과정 학점을 이수한 후에 영국 버밍엄대학교(UCB)에서 전공 과목 학점을 이수하여 곧 학사학위를 받게 되는데, 소요 기간은 불과 3년이 채 되지 않는 속성과정(Fast Track)이다. 한 어머니의 창의적 마인드와 혁신적 교육시스템의 결실로 만 18세의 나이에 글로벌 명문대학인 버밍엄 대학교(University of

Birmingham) 학사학위를 받는 글로벌 인재로 성장한 것이다.

이 책은 한 아이의 어머니가 "맹모삼천지교"를 실천하면서 학습에 필요한 환경을 만들어 주며 양육한 과정을 세밀하게 관찰하여 직접 작성한 체험서이다. 특히 저자는 현재 어린이집을 운영하고 있는 유아교육 전문가이기도 하다. 내가 이 책의 원고를 읽는 동안 시종일관 이 책이 발간되면 손주를 키우고 있는 딸과 며느리에게 제일 먼저 이 책을 읽게 해야겠다는 생각을 떨칠 수 없었다.

변화가 무쌍한 오늘날 대한민국의 교육환경 속에서 자녀들 교육문제로 골머리를 앓고 있는 학부모들과 갈피를 못 잡고 방황하는 이 시대 학생들에게 좋은 안내자가 될 수 있는 이 책을 기쁜 마음으로 추천한다.

주대준 이사장(Concordia International University),
*KAIST 부총장 및 선린대학교 총장 역임

프롤로그

『학교 밖 아이라 부르지 말고 꿈꾸는 아이라고 불러야 한다.』

'밖'이라는 말에서 우리는 긍정보다 부정의 느낌을 더 많이 느끼게 된다.

그 이유는 무엇일까?

'밖'이라는 말에서 막연히 생기는 편견과 선입견은 그 어떤 따뜻한 말로 포장을 해도 기분이 좋지 않다.

신호 대기 중에 주변을 돌아보다가 길가에 걸려있는 현수막을 보았다. 그 현수막에는 이렇게 적혀있었다.

"학교 밖 아이들의 공부를 도와줍니다. ○○센터"

내 아이가 해당되는 말이기 때문에 눈길이 멈출 수밖에 없었다.

'우리 딸은 도와주지 않아도 잘했는데…, 왜?' 혼잣말을 하고 있는 룸미러 속의 나와 눈이 마주쳤다.

마치 학교 밖의 아이들은 누군가가 도와줘야 할 수 있는 그런 사람, 또는 문제아일 것이라는 편견의 프레임에 끼워 맞추는 듯 혼자만의 생각에 괜히 그 현수막을 지나칠 때마다 기분이 썩 좋지만은 않았다.

아마도 내 아이가 검정고시로 학업을 마치지 않았더라면 나도 흔해 빠진 촌스러운 생각을 했을지도 모른다.

길가의 현수막에 적힌 글귀가 내 마음을 흔들어 놓으면서 소위 '학교 밖 아이'의 이야기를 들려주고 싶은 생각이 들었다.

아이가 중학생이 되는 해, 교회에 미국에서 선교팀이 왔는데 영어와 반주가 가능한 학생의 도움이 필요하다고 했다. 그때 아이는 기쁜 마음으로 참여하게 되었다. 그렇게 인연이 되어 방학 때마다 선교팀의 일원으로 봉사를 하게 되었다. 그러던 중 선교사님의 권유도 있었고, 아이가 원하는 미래도 미국이라는 기대가 있었기 때문에 자연스럽게 중학교 2학년 2학기 기말고사를 끝으로 미국에 가게 되었다. 순조로워 보이던 미국생활 중 3개월이 지날 무렵 아이가 다시 한국으로 돌아가겠다고 하는 것이었다. 왜 그렇게 생각하는지 엄마를 설득하면 인정하겠다고 했고, 아이는 너무도 차분하고 강한 어조로 차근차근히 설득하기 시작했다.

첫째, 미국이라는 세계 제일의 나라에서 비전을 찾고 진로에 대한 다양한 정보를 알고 싶었는데, 학교 면접을 보고 10학년에 합격함과 동시에 전공을 무엇을 할 것인지 계속 정하라고 한다는 것이었다. 아이는 그 무엇을 찾기 위해 미국행을 선택했는데 찾을 기회조차 없이 정해야 한다는 게 취지와 목적에 맞지 않기 때문에 진로를 정한 다음 다시 미국에 도전하겠다고 했다.

둘째, 아이가 생각해도 수업이나 기대에 비해 학비가 너무 비싸다는 것이었다. 그래서 아이는 며칠을 고민하다가 집으로 돌아가는 것이 옳다고 판단했다는 것이다. 이후 중·고등학교를 검정고시로 졸업하고 여유가 생기면 그동안 배우고 싶었던 것을 즐겁게 마음껏 경험해 보고 싶다는 말로 설득을 했다. 나는 충분히 설득당할 만했고, 아이를 인천공항에서 맞이하였다.

시차 적응이라고 할 것도 없이 13시간을 날아오는 동안 비장함을 장착한 채로 돌아왔다. 도착과 무섭게 검정고시를 위한 준비에 돌입했다.

우리 가족을 포함해서 주변을 통틀어 봐도 검정고시를 접해본 사람이 아무도 없었다.

초등 6년, 중등 3년, 고등 3년 그리고 대학 4년 법칙과도 같은 과정을 살아온 나는 지금이라도 말려야 하는 게 아닌가 하고 복잡한 마음속 갈등의 연속이었다.

하지만 아이의 강한 의지를 보면서 이내 아이의 선택과 집중에 응원을 하게 되었고, 지지자가 될 수밖에 없었다.

본인 스스로 선택했고 결정했기 때문에 후회 없이 열심히 하겠다, 더 큰 꿈을 꾸고 도전하겠다는 아이의 각오에 잠시나마 걱정을 했던 나를 돌아보게 되기도 했다.

'엄마의 바람이나 크기로 아이가 자라는 것이 아니기 때문에 아이의 꿈에, 아이의 도전에 엄마는 응원하고 기다려 주는 것'이라 하고 싶다.

학교 밖의 아이들은 학교라는 높은 벽 안에서 꿀 수 없었던 꿈의 크기만큼 미래를 설계하고 도전하는 아이들이라고 알려주고 싶었다.

또한, 내 아이의 선택에 믿음과 강한 신뢰를 갖고, 격려하는 부모의 자세가 앞으로 펼쳐질 미래의 시작점이라는 것을 꼭 알려주고 싶어서 이 글을 쓰게 되었다.

목차

✻ 석지영 교수에게 반하다

아이의 초등학교 2학년 여름쯤으로 기억한다. MBC 다큐멘터리에서 하버드대학교 로스쿨의 석지영 종신교수의 이야기를 방송했었다.

갑자기 조용해진 아이를 찾아보니 TV에 빨려 들어갈 것처럼 집중해서 시청하고 있었다. '뭐가 그렇게 재미있길래 TV 앞에서 동작 그만이 되었지?' 하는 마음으로 함께 보는데 내내 "우와~, 대단하다."라는 말만 연신 할 수밖에 없었다.

이틀 연속으로 하는 다큐멘터리에 매료되어 자기도 하버드 로스쿨 가겠다고 하면서 이후로 누구든 장래희망이 뭐냐고 물으면 국제변호사라고 대답을 했다.

아직까지도 도전 과제로 남아있는 듯하다.

석지영 교수는 1973년 서울에서 태어나서 1979년 부모님을 따라서 뉴욕 퀸스로 이주한 뒤 2002년 미국 하버드대학교 법학 박사학위를 받았다. 이후 뉴욕 맨해튼 검찰청에서 검사로 재직하던 그녀는 지난 2010년 아시아계 여성으로서는 최초로 하버드법대 종신교수가 됐다.

기억을 거슬러 되짚어보면 생활기록부에 장래희망을 적는 칸이 있었다.

장래희망을 꿈꿀 만큼 넉넉하지 못한 형편에서 자란 탓인지 아니면 그 시절 모두가 그랬는지 알 수 없지만, 생활기록부에 적는 장래희망은 나의 솔직한 장래희망을 적기보다는 보여주기 위한 거창하고도 부러운 누군가를 적는 듯했다. 예를 들어 과학자, 대통령, 음악가, 등등.

중학교, 고등학교 역시 생활기록부에는 학생 희망, 학부형 희망을 적는 칸이 있었다. 그러나 그 칸의 기록과는 다른 삶을 나는 살고 있다. 한 아이의 엄마가 되고부터는 장래희망을 바라보는 기준이 바뀌게 된 것 같았다.

장래희망과 진로 선택은 전혀 다르다고 생각한다. 희망은 저절로 되는 것 또는 내가 되고 싶은 것(분명, 노력으로 희망을 이루는 사람도 있다.)이라면 진로는 나의 재능, 관심, 흥미, 장점 등 모든 초점을 나에게 맞춰서 잘하고 좋아하면서 경제적으로 보상이 있는 선택이라 나는 정의하고 싶다.

우리나라에서는 최근 몇 년 전부터 자유 학기제, 자유 학년제가 도입되어 실시하고 있다. 점수로 서열화시키기보다 학생들에게 더 많은 진로 체험을 통한 산 교육을 실천하기 위한 좋은 제도이다.

그러나 학부모의 조바심 섞인 볼멘소리들도 적잖게 들리기도 한다. 시험이 없으니 우리 아이의 성적이나 기준을 알 수 없고, 다른 아이들보다 뒤처지지는 않는지 걱정이 너무 많이 된다면서 여러 이야기를 쏟아낸다. 그 불안한 마음을 달래고자 사교육을 더욱 시키게 되는 웃지 못할 일들이 생겨나고 있다.

진로의 체험을 경험하는 것도 물론 좋은 시간이 된다. 하지만 체험이나 놀이에서 나아가 전문가의 직접적인 조언과 장단점에 대한 정확한 정보 제공과 직접적인 소통을 통해서 진로에 대한 분석과 수집의 기회를 제공하는 것이 좀 더 필요하지 않을까 하는 생각을 해본다.

한비야
선생님의 책을
통한 감동

　　다양한 매체를 통한 자극도 분명 없이 필요하다.

　아이가 초등학교 시절에 배려와 나눔에 대해 실천하는 아이로 자랐으면 하는 마음으로 책을 한 권 골라서 읽기 시작했다. 그 책은 바로 한비야(NGO 단체 난민구호팀장 역임) 의 『너는 네가 얼마나 행복한지 아니?』였다 1, 2권으로 나뉘어 있고 두껍지 않아서 읽기 쉬운 책이었다.

　서점 가기를 좋아해서 주말이면 주로 서점에서 한 바퀴 아이쇼핑을 하고 결국 문구 몇 가지로 만족하기 일쑤였다. 서점은 나와 아이에게는 아주 좋은 키즈 카페였다.

> 한비야 선생님은 대한민국 오지 여행가로 난민구호활동을 하고, 2009년 7월까지 국제구호기구 월드비전 긴급구호팀장으로 일하였다. 대표적인 저서로는 『바람이 딸, 우리 땅에 서다』, 『지도 밖으로 행군하라』가 있다.

　한비야의 '너는 네가 얼마나 행복한지 아니?' 내용을 간단히 소개하자면 세계적으로 아동들의 노동력이 착취당하면서 하루하루 힘들게 살아가는 아이들의 수많은 이야기가 담겨있는 책이다.

두 권을 다 읽고 아이는 "엄마, 나는 너무 행복한 아이야."라고 하면서 월드비전에 후원을 하고 싶다고 했다. 곧바로 등록을 하고 지금까지도 이어오고 있다. 가끔씩 후원 아동들의 편지를 받고 있다.

아프리카 어느 마을의 속담에는 "한 아이를 키우려면 온 마을이 필요하다."라고 한다. 나는 온 마을 사람도 필요하지만, 무엇보다도 필요한 건 환경이라고 생각한다. 꿈을 꿀 수 있고, 키워볼 수 있는 환경이 갖춰질 때 그 꿈의 크기는 상상을 할 수가 없을 것이다. 미래에 관한 설계를 하고 꿈을 꿀 수 있는 귀한 시간을 공부라는, 학교라는 그 속에 저당 잡혀있지 않는지 묻고 싶다.

나에게 석지영 교수님과 한비야 선생님은 아이의 마음속 스승이 되어주신 분이다. 자신이 얼마나 행복한 사람인지 알게 하고, 닮고 싶은 모습으로 노력을 해야 되는 동기부여를 충분히 제공한 멘토임이 분명하다. 교과목으로 줄 수 없었던 분명한 한방으로 넓은 세상에 대한 호기심을 자극하기에 충분했다고 생각한다.

아이들에게 멘토가 되어줄 '그 누군가'는 있기 마련이다. 집에서, 책에서, 길에서, TV에서, 학교에서, 아이들이 있는 곳에는 언제나 공기처럼 있었다. 찾지 못했다면 스스로 찾고자 하는 노력이 동반되어야 할 것이다.

Mentor

　현명하고 동시에 정신적으로나, 내면적으로도 신뢰할 수 있는 상담 상대, 지도자, 스승님, 선생의 의미로 쓰이는 말. '멘토'라는 단어는 「오디세이아 Odyssey」에 나오는 오디세우스의 충실한 조언자의 이름에서 유래한다.

　오디세우스가 트로이 전쟁에 출정하면서 집안일과 아들 텔레마코스의 교육을 그의 친구인 멘토에게 맡긴다. 오디세우스가 전쟁에서 돌아오기까지 무려 10여 년 동안 멘토는 왕자의 친구, 선생, 상담자, 때로는 아버지가 되어 그를 잘 돌봐주었다. 이후로 멘토라는 그의 이름은 지혜와 신뢰로 한 사람의 인생을 이끌어 주는 지도자의 동의어로 사용되고 있다.

　즉, 멘토는 현명하고 신뢰할 수 있는 상담 상대, 지도자, 스승, 선생의 의미이다. 하지만 그렇다고 '멘토=스승'인 것은 아니다. 보통 스승이라고 하면 자신보다 나이가 많은 사람을 떠올리지만, 멘토의 경우는 동갑내기 친구가 될 수도 있다. 심지어는 자신보다 어린 사람이 멘토가 될 수 있다. 다시 말해 스승이 무엇인가를 '직접 가르쳐주는 사람'이라고 한다면 멘토는 '이끌어 주는 사람'이라는 뜻이 강하다. 이 때문에 멘토를 인생의 내비게이션, 관제소, VTS 등으로 비유하기도 한다.

멘토의 상대자를 멘티(mentee) 또는 멘토리(mentoree), 프로테제(Protege)라 한다.

*   위키백과

학습
컨설팅

　　우연찮은 기회로 아이의 학습컨설팅을 받았다. 적잖은 충격과 자극을 받음과 동시에 내 아이에 대해서 모르는 게 너무 많음을 알게 되었다.

　학습컨설팅을 본격적으로 받기 전에 먼저 설문지에 답을 적어야 했다. 설문지에는 아이의 구체적인 장단점, 연주 가능한 악기의 수, 친한 친구 이름 등을 적게 되어있었다.

　단점은 막힘없이 적어 내려가는데, 장점은 생각만큼 적지 못해서 당황스럽기도 하고 난감해서 머리만 만지작거렸던 기억이 떠올랐다. 뒷면의 연주 가능한 악기에 당당히 피아노라고 적었다. 친구 이름은 익숙했던 이름들로 채워나갔다. 당황스러움과 난감함 속에 설문지를 채워서 학습컨설팅교수님과 마주 앉았다.

　다 채우지 못한 머쓱함과 긴장한 채로 내가 쓴 설문지를 읽고 계시는 교수님의 눈빛을 빠른 속도로 읽어가고 있었다. 앞뒤 장을 꼼꼼히 읽고 난 교수님은 마치 초음파를 판독하는 의사 선생님처럼 설명하기 시작했다.

　보통의 엄마들도 다 똑같이 장점보다 단점을 많이 적고, 장점을 적을 때는 두루뭉술하게 적는데 아이의 멋진 미래를 기대한다면 장점을 훨씬 많이 적을 줄 알아야 한다는 것이었다.

아이의 친구 이름 중에서 베스트 프렌드와 구분할 수 있냐고 물어보셨다. 다들 친하다고 대답을 했더니 나를 바라보는 눈빛에서 틀렸다고 말하는 듯했다. 아이가 살아가면서 언제나 '베프'는 있어야 한다고, 관심 있게 지켜봐야 한다고도 했다.

마지막으로 악기의 개념을 바꾸라고 권유하셨다. 악기는 언제나 들고 다니면서 필요에 따라 연주할 수 있어야 한다고 하면서 당당하게 피아노라고 적은 글자 옆에 각종 현악기, 관악기 전통악기를 나열해 주셨다.

기억을 더듬어 생각해보니 학습계획표 작성하는 법, 영어학습방법 등을 알려주셨다.

진단을 받는 내내 정신없이 받아 적고 있으면서 반성의 자세로 끄덕이며 엄청난 양의 메모를 했었다. 집으로 돌아와서 진단받은 결과의 메모를 들고 아이 앞에서 학습컨설팅 교수님처럼 설명을 하고 함께 고민하기 시작했다.

친구 관계와 아이의 장점 파악을 위해서 엄마가 긍정의 눈으로 바라보기가 절실히 필요해서 노력하기로 했다. 악기는 플루트를 배우고 싶다고 해서 연습용 플루트를 구매하고 플루티스트 선생님을 소개받아 기본과정을 배웠다. 그다음부터는 혼자 노력하고 조금씩 조금씩 발전하게 되었다. 피아노, 플루트를 배우면서 다양한 악기들에 관심을 가지게 되면서 더불어 음악성도 향상되었다. 우연히 찾아온 기회에 소심한 충격을 받아 아이의 다양한 악기에 관심을 갖게 되었고, 음악적 영감도 얻게 되는 시간이 되었던 건 분명했다. 훗날 이렇게 배운

악기들이 얼마나 큰 장점이 되었는지 이때는 알 수 없었다.

 학습컨설팅을 받아야 한다는 것을 말하고자 하는 것이 아니다. 내 아이에 대해서 얼마나 잘 파악하고 있는지를 말하고자 하는 것이다. 유아교육을 전공한 나는 지금도 현직에서 영유아들과 생활을 하고 있다. 많은 학부모들이 자신들이 아이를 제일 잘 안다고 한다. 하지만 어린이집과 가정에서 보이는 행동이 다르고, 여러 그룹에 따라 나타나는 행동들이 다름을 엄마들은 잘 모르고 있다는 사실이다. 나 또한 그 엄마 중에 한 명이다.

 다른 사람을 판단하고 분석하는 것은 객관적인 입장이기 때문에 냉정하리만큼 잘하겠지만 내 아이에 대해서는 어쩌면 내가 보고 싶은 대로 보고, 믿고 싶은 대로 판단하기 때문에 올바른 지도가 되지 못하는 경우가 있다.

 그래서 어떤 일상이 아이의 미래청사진이 될지 관심 갖고 지켜봐야 한다고 말하고 싶다. 나에게는 학습컨설팅이라는 기회가 생겼지만 저마다 어떤 기회나 자극으로 변화가 시작될지는 모르는 것이기 때문이다.

학습컨설팅 질문

1. 아이의 장점 10가지

2. 아이의 단점 10가지

3. 아이가 잘하는 것

4. 아이가 좋아하는 것

5. 아이의 친구 이름 적어보기

6. 아이가 연주할 수 있는 악기

7. 좋아하는 과목

8. 잘하는 과목

9. 하루 일과

10. 방학생활(방학을 보내는 계획)

11. 독서량 (독서는 쉬는 시간, 학습시간 모두 포함 시킬 수 있다.)

12. 시험 준비 기간 (중학교 이상 시험 기간이 3일-지구력이 필요하다.)

학교 밖 아이
플리마켓을
열다

제니는 만18세로 현재 영국에서 대학졸업을 앞두고 있다.

주변 사람들의 반응은 "만18살에 그게 가능해?", "어떻게 그럴 수가 있지?"였다. 하물며 영국대학교 입학처의 매니저도 어떻게 학교에 입학할 수 있었는지 묻고 또 묻고 지속해서 모니터링을 하고 있다.

한국에서 혼자 공부를 할 때도, 영국 대학교에 진학을 했을 때도 다들 '또래도 아니고 나이 차이도 많은데 그 속에서 힘들지 않을까?'에 대한 질문이 가장 많았던 것 같다.

엄마인 나와 제니는 전혀 문제 되지 않는데 왜 사람들은 그걸 걱정하는 것인지 오히려 그게 더 궁금했다. 왜 걱정하는지를 알아차리고 사람들의 편견이 얼마나 짙은지에 대해 알게 되었다.

학교 안에서는 또래들과의 관계와 선·후배 사이, 선생님과의 관계 등 여러 관련인 사이에서 생기는 관계로 사회성이 형성될 수 있지만, 학교 밖에서는 그것을 대처할 수 있는 관계가 부족하기 때문에 아이의 사회성에 문제가 있을 것이라고 생각을 하는 것이었다. 충분히 이해되는 부분이었다. 하지만 아이가 보여준 일련의 행동들과 사건들은 걱정했던 많은 사람의 생각을 충분히 종식시킬 수 있었다고 본다.

2015년 크리스마스가 다가오자 제니는 무언가를 열심히 그리면서 준비하고 각종 SNS를 통해서 활동을 활발히 하고 있었다. 크리스마스에 플리마켓을 하겠다는 것이었다. 판매자로 참여하는지, 구매자로 참여하는지 물어보니 주체자이자 판매자로 플리마켓을 준비해서 하겠다는 것이었다. 처음에는 어이없기도 하고 놀라기도 했고 뭐라고 피드백을 해야 할지 말문이 막혀서 아무 말을 하지 못했다. 이내 제니는 각종 물품별 판매자를 모으고, 장소를 섭외하고, 전단지를 제작하고, 판매할 물품들을 사는 등 너무나 바쁜 12월을 보내고 있었다. 그리고 12월 25일 크리스마스에 플리마켓이 열렸다.

행사 장소에 아침 일찍 태워다 주고 물건을 내려주고 돌아오려니까 너무 궁금하기도 하고, 걱정되기도 하고 자리를 뜰 수가 없었다.

'준비는 했는데 사는 사람이 아무도 없으면 어떡하지? 가족들을 총동원해서 사줘야 하나?' 이런 생각들을 하면서 주변을 배회하다가 점심시간쯤 궁금함을 참지 못하고 방문을 했다. 이건 내가 걱정했던 그런 그림이 아니었다. 다양한 연령대의 사람들이 플리마켓이 열리는 상점의 골목 입구까지 줄을 서있고, 판매를 하는 사람마다 손님맞이에 한창이었다. 그때의 기분을 뭐라고 표현해야 할지, 한마디로 정의하기가 어려웠다. 플리마켓을 열기 위한 계획부터 준비하는 과정에 판매자들과 끊임없이 소통하며 전략을 세웠기 때문에 수익에 상관없이 플리마켓은 성공적이었다. 플리마켓 홍보는 각종 SNS를 통해서 알리고 모든 지인에게 소개하였다. 또래들이 어떤 취향인지 잘 알기 때문에 그들에게 충분히 매력적으로 다가왔고, 또래들이 친구의 친구들과 손을 잡고 방문하면서 그들의 문화에서 또 다른 그룹을 형성하게 되었다. 제니가 관리하는 다양한 SNS 계정에는 엄청난 숫자의 사람이 팔로우를 하고 있었다.

지금도 그 친구들과 소통하고, 고민을 상담하고, 그들의 문화를 통해 시야를 넓히고 있다. 학교 밖의 아이는 이러한 도전을 하기에 충분한 강한 의지를 가질 수 있음을 말하고 싶다. 사회성을 꼭 학교 안에서만 길러지는 것이라고 말할 수 없지 않을까 생각한다.

만18세 대학졸업을 앞둔 제니는 지금도 그들의 중심에서 사교 모임을 계획하고, 나이 많은 친구들과 다양한 사회성을 누리고 있다.

플리마켓을 준비하는 순서

1. 플리마켓의 목적

2. 목적에 맞는 판매 상품 정하기

3. 판매자 모집

4. 플리마켓 장소, 비용 알아보기

5. 포스터 제작 후 홍보

6. 각자 상점 이름 정하기

7. 각 선정한 상품 구분한 후(구제, 새 상품 구분하기) 가격 책정하기

8. 플리마켓 운영 시간 정하기

9. 플리마켓 시 필요한 소품 챙기기

10. 판매수익금 정산 후 목적에 따른 활용

✳

역사를 잊은
민족에게는
미래가 없다

　　　21세기를 살아가고 있는 지금을 우리는 진정한 글로벌 시대라고 한다.

　인터넷의 엄청난 발전 속도만큼 영국에 있는 제니와는 하루에 몇 번씩 얼굴을 보면서 영상통화를 한다. 마치 바로 옆에 있는 것처럼 가깝게 느끼면서 소식을 접한다. 머지않아 곧 냄새도 맡을 수 있지 않을까 생각해본다.

　최근 중국 우한에서 발병한 폐렴이 전 세계를 공포에 몰아넣는 사태가 발생했다. 코로나19는 신종바이러스 감염병으로 호흡기 이상을 일으켜서 사망에 이르게 하는 아주 무서운 질병이다. 한국을 비롯한 전 세계에 순식간에 퍼지면서 중국, 한국 등 동양인에 대한 불안감마저 생겨나게 한 질병이 되어버렸다. 국가 간의 신뢰를 무너뜨리고, 경제는 끝이 어딘지 모를 만큼 내려가고, 직업군을 막론하고 불안과 경제적 어려움이 동반한 최악의 사태를 맞이하는 2020년을 시작했다.

　25년간 어린이집을 운영하면서 입학이 연기된 적은 처음 있는 일이었다. 코로나19 사태뿐만이 아니라 뉴스를 통한 세계적인 소식들은 막연한 불안감을 느끼게 한다. 세계적인 감염병뿐 아니라 이 작은 나라에는 역사적으로 수많은 침략과 위기가 반복되어 왔다.

　강대국을 비롯하여 북한까지 핵무기를 보유한 많은 나라와 역사 왜곡을 서슴지 않고 하는 중국, 일본까지 마치 총성 없는 전쟁을 하고 있는 중인 것 같다. 우리나라를 호시탐탐 노리는 이유는 그만큼 우리나라의 국민성을 두려워하고 있기 때문이다. 우리나라 사람들은 잘 모르지만, 누군가의 어려움을 알게 되면 모금 운동에 앞장서 나누고 함께 이겨내기 위한 움직임을 서슴없이 하는 사람들이 대한민국인이다. 이런 국민성을 가진 우리의 아이들은 역사를 바로 알고 가슴 깊이 새기고 어느 곳에 있든지 자기를 알아야 한다고 나는 생각한다. 바로 정체성을 알아야 하는 것이다.

　유아교육의 발달 과정에는 결정적 시기가 있다고 했다. 우리나라에는 "세 살 버릇 여든까지 간다."라는 속담이 있다. 이 말은 어릴 때 형성된 인성과 습관은 평생에 영향을 끼치기 때문에 어린 시절에 교육을 잘해야 한다는 뜻이 되겠다.

　나는 거창하게 교육철학이라고 말하기보다는 아이에게 역사교육과 나라를 사랑하는 마음만큼은 꼭 가르쳐야 한다는 생각을 본능처럼 하고 있었다. 그렇기 때문에 영·유아기부터 우리나라의 역사와 나라 사랑 교육에 대해서는 동화책을 읽어주듯이 이야기를 했다. 아이가 잘 자라서 미래에는 이 나라를 위한 인물이 되기를 바랐기 때문이었다.

　제니가 초등학교 6학년을 겨울방학 동안 한국사 시험을 보기 위해 공부도 함께했었다. 중급이지만 합격을 하고 우리나라 역사에 관한 토론도 해보기도 했었다. 지금처럼 외국에서 공부를 할 것이라고는 생각지도 못했을 시기였다. 어쩌면 그 시기에 역사의 중요성을 체험했기 때문에 외국에 있어도 한국인으로서 부끄럽지 않게 생활하는 당당한 한국인의 면모를 보여주고 있는 것이 아닐까 생각해본다.

역사를 잊은 민족에게는 미래가 없다 \

자기주도
학습

　　자기주도학습이란 스스로가 자발적으로 학습의 상세한 계획과 목표를 세워서 학습과 평가를 하고 주도적으로 선택하고 결정함으로써 자아개념을 독립적이고 자율적으로 만들어주는 효과가 있다고 정의한다. 자기주도학습이 아이의 입시 성공을 보장하듯이 여기저기서 자기주도학습에 대한 세미나와 관련 책들이 쏟아져 나왔었다.

　　제니에 대해서 많이 물어본 것 중의 하나가 학습방법이었다. 별다른 게 없었다고 말을 하곤 했는데 분명 없이 다른 게 있을 텐데 풀어보라는 말도 많이 들었었다. 그래서 지나간 시간 어떤 일들이 있었는지 하나씩 떠올려보기 시작했었다.

　　아이의 입장에서는 나도 일하는 엄마였다. 숙제를 보거나 예습, 복습에 대해 잔소리도 해본 기억이 별로 없었다. 다른 눈으로 보면 무관심한 엄마라고도 했고, 아이를 엄청나게 믿는 엄마이기도 했다. 이런 내가 아이의 일상과 공부의 진행이나 계획을 어떻게 하는지 계속 지켜봤던 게하나 있었다. 그건 바로 아이의 계획표였다. 월 단위로 계획을 하고 주단위로 그리고 일일로 아주 구체적으로 제시한 것이 마치 프로젝트 주제 망을 짠 것과도 같았다. 그 계획표를 보면서 목표 달성을 한 것에 ×표시가 되어있는지, ○또는 △표시가 있는지만 살펴볼 뿐이었다.

제니의 계획표는 한 달을 앞서서 준비하는 듯했다. 학교 웹사이트에서 연간의 행사와 일정을 확인해서 미리 적어놓았고, 시험 기간을 체크해서 시험 공부 기간을 정하기도 했다. 시험 기간에 공부 스케줄은 제일 마지막 날 시험 과목을 시험 3주 전에 제일 먼저 시작하고 날을 지워가면서 첫날의 시험 공부를 막바지에 했다. 그러면서 차차 다음 날의 시험 공부를 복습하는 모양이었다.

또 다른 특징은 노트필기였다. 노트필기를 초등학교 때부터 엄청나게 꼼꼼하고 보기 좋게 깔끔해서 누가 봐도 쉽게 공부가 될 것 같은 요약 정리였다. 색색별로 중요도를 나타내고, 수업 시간에 최대한 집중해서 참여하고 기록으로 남기면서 그 날의 학습량은 다하지 않았을까 미루어 짐작게 했다.

초등학교 담임선생님들이 "노트필기 하는 거 배운 적 있어요? 중학생이나 고등학생들이 한 것 같아요."라는 말씀을 학년이 바뀔 때마다 하셨다. 학기 초가 되면 좋아하는 서점의 문구코너에서 필기가 가장 부드럽게 잘 되고 좋아하는 색깔의 볼펜과 형광펜을 한 주먹씩 샀다. 아마도 백화점에서 좋아하던 상품이 50% 세일할 때 미소 짓던 내 모습처럼 그랬다.

누가 시키지도 않았던 계획표에 자기만의 시간을 계획하고 과목별 편차가 크지 않도록 구체적으로 계획하고 스스로 관리하는 모습에 나는 그저 기특하다 생각했다. 제니가 영국으로 떠나고 묵은 책들을 정리하면서 제니의 노트를 발견했다. 어린아이의 글씨지만 공부하고 싶게 정리를 잘했고, 차마 그 노트는 종이류로 분류해서 버릴 수 없었다. 누군가에게 이런 제니의 일상들이 도움이 된다면 하고 막연히 생

39

자기주도 학습 \

각하고 보관하고 있다.

　제니는 초등학교 입학하고 3학년부터는 늘 계획표를 만들어서 지냈기 때문에 어쩌면 대수롭지 않게 보았는지도 모르겠다. 시간이 지나고 지금 생각해보면 제니의 그런 일상들이 자기주도학습의 한 모습이지 않을까 한다. 이런 습관들이 제니가 남들과는 다르게 좀 더 빨리 대학생이 될 수 있게 한 원동력이 아니었을까 생각한다.

　제니가 검정고시로 고등학교를 4월에 졸업하고 대학에 대해 고민을 하고 있을 즈음에 또래 아이들로부터 많은 전화와 메시지를 받았다. 4월은 고등학교를 막 진학한 아이들이 중간고사를 코앞에 두고 있던 시점이었다. 대부분의 아이가 제니가 부럽다며 '나도 자퇴를 할까?' 하는 질문이었다. 제니는 명쾌하게 대답을 했다.

　"검정고시로 졸업하기까지 결코 쉬운 게 아니고, 마음의 상처 받지 않을 자신 있어? 친구들과 다른 세상을 살아야 하고, 무엇보다 부모님 설득할 자신 없으면 그냥 학교 다녀."

　아이는 속마음을 또래 아이들에게 그대로 표현한 것이었다. 스스로 선택하고 가는 길이었지만 나름의 스트레스와 사회적 편견에 맞서 혼자만의 싸움을 하고 있는 것 같았다. 이후에도 많은 아이가 제니에게 학업에 관한 고민 상담을 많이 했었다.

　제니의 말이 정답일지도 모르겠다. 검정고시로 졸업하기 위해 혼자 공부하는 것도 철저한 자기관리가 되지 않으면 쉽게 일탈을 할 수도 있다. 그런 조절을 잘해야 하는 건 사실이다. 다른 사람들의 시선을 의식하지 않을 수 없는 것 또한 힘든 사실이다. 그리고 무엇보다 부모와 자녀 사이에 강한 신뢰가 형성되지 않으면 결코 쉽지 않은 길이다.

남들과 다른 길을 선택하고 자기만의 길을 가기 위해서는 철저한 자기관리와 준비를 할 줄 알아야 한다. 나는 이런 모든 것들을 포함하여 자기주도학습이라 말하고자 한다.

시험 기간 준비 시간 (6일 동안)

1. 전과를 이용하라

   단원별 미리 읽은 것부터 공부

   내용 범위 안의 정리(암기)

   문제 풀이

   단원평가

2. 전과와 출판사가 다른 문제집 2개 풀이

   요점 정리 한 번 읽기(내용 다지기)

   단원평가(4일간 단원 정리)

   중간고사 문제 풀이(2일간 풀이)

3. 또 다른 문제집

   요점 정리 읽기

   단원평가

   중간고사 예상 문제 풀이

– 시험 기간 동안 피아노 학원과 TV 시청은 금지

　시험에 집중하기 위한 노력

– 시험 기간 동안 귀가 후 시간 계획

　오후 5:00~6:30 저녁 식사

　　　6:30~7:30 공부1

　　　7:30~7:40 휴식 시간

　　　7:40~8:00 화상 영어

　　　8:10~10:30 공부2

대화의
방법

        유아들의 언어 발달 과정에는 언어 이전의 시기와 언어기로 구분되며 울음에서 쿠잉(우우, 어어 등)으로 소리내기, 옹알이를 한 다음 짧은 단어에서 문장으로 말하기 시작하면서 본격적이 언어로 소통을 하게 된다.

  이런 발달과정을 알고 있는 나는 아이와는 엄청난 대화를 했고, 지금도 영상통화나 문자를 통해서 시시콜콜한 이야기도 나누고 있다. 태교를 시작할 때부터 아이와는 끊임없는 대화를 이어갔다. 나의 하루 일과에 대해서도 보고했고, 누가 엄마를 기쁘게 하고 화나게 하고 신나게 했는지에 대해서도 혼잣말을 연신 해댔다. 규칙적으로 잠잘 때 하는 노래와 아침 인사 나누는 노래 등 나름은 어린이집 일과처럼 아이와의 대화로 태교를 이어갔다.

  잠들기 전에는 "엄마는 아가를 사랑해, 엄마는 아가를 사랑해, 사랑해 사랑해 사랑해 사랑해 엄마는 아가를 사랑해", 아침 인사는 "일어나요, 일어나요. 어서어서 일어나 일어나세요." 흔히 아는 노래로 배 속의 아가와 대화를 했다. 아이가 태어나서 말을 하기 시작할 때까지 엄마의 노래는 계속했고, 어느 날부터는 혼자 노래 부르고 있는 모습을 발견하기도 했다.

의사소통을 하기 위해서는 언어의 발달이 중요하기 때문에 엄마는 아이 앞에서 수다쟁이가 되어 많은 말들을 했다. 말로 하는 언어도 중요하지만, 비언어적 소통도 중요하다. 눈빛으로, 표정으로, 몸짓으로 아이와 주고받는 의사소통은 신뢰가 형성되지 않으면 알아차리기 어렵다. 아이의 언어 발달을 위해서 엄마는 공부하고 또 공부해야 하는 것이다. 교육적 의미를 떠나서 아이와 빨리 말을 하고 싶어서인 듯했다.

언어는 또래들과 비슷한 수준으로 말문을 트고 조금씩 발전하였다. 다른 점은 4세가 될 때부터 한글에 관심을 엄청나게 보였고, 모든 놀이나 놀잇감들이 언어에 관련된 것들로 주변에 쌓여있었다. 자연스럽게 한글을 익히고, 혼자 글자가 적은 동화책을 읽었다. 물론 어려운 단어의 뜻은 모른 채로 글자가 보이는 것들을 의미 없이 그냥 읽었다.

요즘 엄마들은 한글뿐만이 아니라 영어까지 조기에 빨리 이루기 위한 노력을 많이 하고 있고 또 다른 아이에 비해 뒤처질까 서두르는 분들이 많다. 준비 없이 많은 것을 한꺼번에 준다는 것은 아무런 교육이 되지 않는다. 아이가 자기주도 학습을 해내듯이 부모들도 내 아이를 위한 철저한 계획과 관련된 정보를 수집해서 우리 아이에게 맞는 학습법을 찾는 것이 중요하다. 아이와의 애착이 긍정적으로 잘 이루어져 있는지, 아이가 학습을 받아들일 준비가 되어있고 관심을 보이는지 파악이 우선이 되어야 한다.

내 아이가 다른 아이들에 비해 빠른 성장을 하길 원한다면 아이가 흥미를 느낄 수 있을 환경을 제공해주는 것이 중요하다. 좋은 책을 통한 교육도 중요하지만, 나는 주변에서 쉽게 찾을 수 있는 것을 많이 활용하였다. 과자 봉지에서도 글자를 찾아서 책으로 묶어 쉽게 가지고 놀 수 있게 했고, 신문지에서 글자 찾기 놀이, 간판 읽기, 도로에 지나가는 자동차 이름 맞히기, 번호판 먼저 말하기 등 쉽게 할 수 있는 것들을 통해서 아이가 언어에 친숙해지도록 노력하였다. 지금 엄마들은 더욱 다양한 콘텐츠로 놀이를 하기 때문에 더 많은 성장이 기대된다.

아이가 말을 하기 시작할 때부터 나는 아기의 언어를 사용하지 않았다. 나의 언어적인 교육철학은 '언어는 곧 사고'이다. 언어적 표현이 어린아이의 수준에 머물러있으면 사고 또한 그 정도의 수준에 머무른다고 생각하여 나는 아이가 말을 하기 시작할 때부터 차근차근히 설명하고 아주 구체적으로 설명하면서 나의 말을 이어갔다. 한 번도 '맘마 먹자'는 표현을 하지 않았다. 이해가 되지 않을 수 있지만, 나의 교육철학대로 아이의 언어는 그렇게 발전하게 되었다. 아이와 대화가 자연스럽게 잘 될 때부터는 뜻에 대해서 구체적으로 설명하기보다 왜 그런지에 대한 상황과 배경에 대해 설명을 했었다.

제니의 언어에는 상당한 위트가 포함되어 있다. 상황에 맞는 재치 있는 말로 분위기를 전환시키는 역할을 잘하고 있다. 대화의 방법 중 가장 중요한 것이 상황에 맞고 주변 사람들과 자연스럽게 소통하는 것이라고 생각한다. 의사소통은 일방적인 것이 아니다. 상대방의 눈빛과 표정, 말투를 말을 함과 동시에 읽을 줄 알고 대화를 이어가는 것이 중요하다. 이것이 진정한 의사소통의 역할이라 할 수 있지 않을까 한다. 제니와의 의사소통은 늘 구체적이었고 끝까지 들어주는 대화였다. 그래서 지금도 많은 것을 공유하고, 함께 의논하는 상담소 같은 대화도 하고 있다.

의사소통의 발달

아동의 의사소통기술은 몇 가지 능력이 필요하다.

첫째, 상대방의 말에 주의를 기울여 듣고 상대방이 하는 말의 뜻을 이해하려는 능력

둘째, 상대방의 연령, 성, 사회적 지위 또는 상황적 조건에 맞게 자신의 언어적 표현을 조정하는 능력

셋째, 자신이 하는 말을 상대방이 이해하고 있는가를 상대방의 반응으로부터 감시하고 조정해 나가는 능력

①듣기 능력의 발달

상대방이 하는 말을 주의 깊게 듣고, 그 의미를 정확하게 이해하며, 전달 내용이 가지고 있는 모순을 파악해내는 능력은 의사소통의 기초가 된다.

②말하기 능력의 발달(읽기-쓰기)

듣는 사람의 연령, 성, 사회적 지위에 따라 자신의 언어적 표현을 조정하는 말하기능력은 비교적 빨리 발달한다. 2세 유아도 자신보다 어린 동생에게 말할 때와 어머니에게 말할 때에 서로 다른 표현을 쓰고 있다는 사실을 충분히 관찰할 수 있다. 유아들은 단순히 대상의 특성에 맞게 자신의 표현을

적응 시킬 뿐 아니라 상대방의 반응을 감지하고 이에 따라 자신의 말을 조정하는 능력을 보여준다. 유아들은 성인이나 또래가 자신의 말을 못 알아듣는다고 느꼈을 때 성인에게는 표현을 좀 더 어렵게 바꾸는 대신에 또래에게는 좀 더 쉽게 설명하려고 시도 할 수 있다.

③상위의사소통 능력의 발달

아동이 자신이나 상대방의 의사소통 능력에 관해 정확한 지식을 가지고 이에 맞추어 의사소통을 조정하는 능력을 뜻한다(Flavell, 1976;Flavell et al. 1993). 2세 유아도 대상과 상황에 맞추어 자신의 말을 조절하는 기본적이 기술을 갖고 있다.

우리나라 유치원생과 초등학교 2학년, 4학년을 대상으로 상위의사소통 능력의 발달을 연구한 자료에 의하면 유아기 이후부터 상위인지능력은 가정의 사회경제적 계층에 따라 차이가 있으나, 중학교 이후에는 차이가 없었다. 이러한 결과는 아동의 상위의사소통 능력이 초등학교 학교 경험을 통해 모든 계층에서 고르게 발달이 촉진되고 있음을 시사하는 것이다(하정연, 1985).

전문가를
만나다

　　　　고등학교 졸업을 위한 검정고시 공부를 하고 있던 어느 날 검정고시 학원에서 대학 진학을 위한 학부모 세미나가 있다고 초대를 해서 참석하게 되었다.

　12월이라 날씨도 춥고 해서 바쁘다는 핑계로 참석하지 말까 생각도 했고, 검정고시 학원에서 이런 것도 하는구나 싶었다. 자꾸 가기 싫은 핑계를 찾고 있는 내 모습을 알아차리고는 나도 모르게 놀래서 더 늦지 않게 차에 시동을 걸었다.

　참석한 세미나장에는 많은 학생들과 학부모들이 있었고, 늦게 도착한 나는 빼곡히 앉아있는 사람들을 보면서 속으로 좀 부끄러웠다. 뒷자리를 발견하고 겨우 앉게 되었고 진행이 시작되고 있었다. 뒤늦게 참석했지만 하나라도 놓치지 않기 위해서 열심히 필기도 하고 공감도 하고, 새로운 비전을 제시하는 가능성에 흥분되기 시작했다.

　세미나를 마치고 학원 선생님께서 제니는 상담을 좀 받아보라고 권유하셨다. 상담이 시작되면서 강사님은 아이와 눈을 마주치며 아이의 눈높이에 맞는 여러 이야기를 하셨다. 선생님이 권유하신 상담이 엄마가 궁금해하는 부분을 해소하기 위해서가 아니라 제니가 궁금해하는 걸 풀고 가라는 걸 상담하면서 알 수 있었다. 나는 솔직히 말해서 아이가 행복하고 스트레스 없었으면 좋겠다는 생각을 하기 때문에 '선택을 하면 그대로 보내야지.'라고 늘 생각해서 강사님과 상담을 하더라도 많은 질문이 없었던 건 사실이다. 할 말이 없던 나와는 달리 제니는 여러 가지 답답해하던 부분들에 대한 질문을 쏟아내면서 눈빛이 반짝반짝했다. 그러니 당연히 강사님은 아이와의 대화를 즐거워하며 이어갔다.

검정고시로 고등학교 졸업을 하면 국내 대학에 내신은 어떻게 되는지, 희망 학교에 진학을 할 때 불리한 건 아닌지, 이 졸업장으로 해외 대학을 갈 수 있는지, 간다면 어떤 혜택을 받을 수 있는지, 해외 대학에 가기 위해서는 갖춰야 할 조건들이 어떻게 되는지, 현재 자기는 어느 정도의 수준에 있는지 검사를 해볼 수 있는지 등 아주 구체적으로 질문을 했다. 나는 속으로 '이런 궁금함들이 많았는데 얼마나 답답했을까?' 싶었다. 그래서 이 세미나에 참석하길 진짜 잘했다고 나를 위로하고 격려도 했다.

아이가 궁금해하는 질문들 하나하나에 대답을 해주시면서 제니는 보통의 아이들이 하는 질문이나 내용과는 조금 다르다고 하시면서 검사의 종류와 방법에 관해서 설명해 주셨다. 나도 필요한 것 같다고 생각하여 검사를 진행하기로 했고, 며칠 뒤 검사지는 집으로 도착했다.

6가지 분야로 나뉘고 성격, 진로, IQ 검사, 학업성취도 검사, 적성 등을 포함하는 검사였다. 제니는 혼자 3시간 정도에 걸쳐서 검사지에 체크해나갔다. 일주일 후 검사 결과가 나왔다는 통보를 받고 결과에 대한 설명을 제대로 듣기 위해 서울에 있는 기관에 방문했다. 그날을 떠올리면 심장이 지금도 쿵쾅거린다. 내가 익히 알고 있는 아이의 모습도 알 수 있었고, 왜 학교 밖의 아이로 있어도 문제가 되지 않는지, 엄마는 왜 불안해하지 않는지, 학교의 수업에 흥미가 떨어지는지, 또래들과의 대화가 왜 안 된다고 생각하는지도 알 수 있게 되었다.

IQ 검사 결과 158이라는 숫자가 나왔고, 언어습득능력이 그래프의 한계치에 다다랐다. 성격유형분석에서는 ESTJ형으로 주도적인 아이로 분석되었고, 경영이나 주도하는 일이 적성에 맞을 뿐 아니라 음악, 미술 등 예술적 재능도 있다는 결과가 나왔다. 21세기를 살아가는 요즘에 IQ는 그리 중요하게 여기지 않는다. 하지만 높은 IQ의 영향으로 학습의 성취도가 높다는 결과가 있을 수 있었다.

『메타인지 학습법』의 저자 리사 손 교수님의 강의에서 천재는 저절로 만들어지는 것이 아니라 노력의 결과물이라고 했다. 나는 이 말에 100% 공감한다. 아이의 지능은 유전적 영향도 물론 있겠지만 환경적 요인이 더욱 중요하다고 강조하는 나는 아이의 노력에 감동을 받지 않을 수 없었다. 모든 검사의 결과가 아이가 얼마나 노력했는지를 보여주면서 새로운 미래에 대한 기대가 되면서 설계를 제니스럽게 다시 하기 시작했다. 그렇게 제니의 잠재성을 발견할 수 있었던 것은 행운과도 같았다.

검사 종류나 내용은 워낙 다양한 것들이 많기 때문에 아이에 맞게 찾으면 될 것 같다. 나는 세부적인 항목이 중요한 것이 아니라 그런 검사를 통해서 아이를 제대로 이해할 수 있고 더욱 공감할 수 있었다는 사실에 기뻤고, 어떤 부분에 도움을 줄 수 있는지 엄마의 역할에 대해 다시 한 번 되돌아보며 확인할 수 있었던 사실에 만족도가 높았다. 아이의 잠재되어 있는 능력을 찾아서 이끌어주신 여러 전문가 선생님들께 이번 기회를 통해 다시 한 번 감사의 마음을 표한다.

MBTI 성격유형검사

    MBTI는 심리학자 융의 심리유형론을 근거로 캐서린 브릭스 (Katharine C.Briggs), 그녀의 딸 이사벨 마이어스(Isabel B. Myers)까지 3대에 걸쳐 70년 동안 연구, 개발된 성격유형검사입니다. 이 검사는 현재 세계에서 가장 널리 사용되는 심리검사 중 하나이며, 40여 개국에서 20가지 이상의 언어로 번역되어 사용되고 있습니다. MBTI를 통해 개인은 자신의 심리적 특성을 이해할 수 있을 뿐만 아니라, 타인을 이해하는 데도 도움을 받을 수 있습니다. 우리나라에서 MBTI 검사는 문화적 차이를 고려한 번안 과정 및 엄격한 표준화 과정을 거쳐 1990년부터 보급되고 있습니다. 또한, MBTI 검사 전문교육을 통해 검사 해석의 전문성 및 검사 사용의 윤리성을 유지해나가고 있습니다. MBTI 검사는 이러한 전문교육을 수료한 전문가가 실시하고 해석해야 자신의 참된 유형을 찾아가는 데 도움을 받을 수 있습니다.

〈MBTI 4가지 선호 지표〉

지표	선호 경향	주요 활동
외향–내향	에너지의 방향은 어느 쪽인가?	주의 초점
감각–직관	무엇을 인식하는가?	인식 기능
사고–감정	어떻게 결정하는가?	판단 기능
판단–인식	채택하는 생활양식은 무엇인가?	생활양식

〈MBTI 4가지 선호 지표의 대표적 표현들〉

E 외향형(Extraversion)	I 내향형(Introversion)
폭넓은 대인관계를 유지하고 사교적이며, 정열적이고 활동적이다. –자기 외부에 주의집중 말로 표현 –외부활동과 적극성 경험한 다음에 이해 –정열적, 활동적 쉽게 알려짐	깊이 있는 대인관계를 유지하며, 조용하고 신중하며 이해한 다음에 행동한다. –자기 내부에 주의집중 글로 표현 –내부활동과 집중력 –이해한 다음에 경험 –조용한, 신중한 서서히 알려짐
S 감각형(Sensing)	N 직관형(Ntuition)
오감에 의존하며 실제의 경험을 중시하고 지금, 현실에 초점을 맞추어 정확하고 철저하게 일 처리 한다. –지금, 현실에 초점 사실적 사건 묘사 –실제의 경험 –나무를 보려는 경향 –정확하고 철저한 일 처리 가꾸고 추수함	육감, 내지 영감에 의존하며, 미래지향적이고 가능성과 의미를 추구하며 신속, 비약적으로 일 처리 한다. –미래, 가능성에 초점 비유적, 암시적 묘사 –아이디어 –숲을 보려는 경향 –신속하고 비약적인 일 처리 –씨 뿌림

T 사고형(Thinking)	F 감정형(Feeling)
진실과 사실에 주로 관심을 갖고 논리적이고 분석적이며, 객관적으로 사실을 판단한다. –진실, 사실에 주된 관심 –'맞다 틀리다'의 판단 –원리와 원칙 규범, 기준 중시 –논리적, 분석적 지적 논평	사람과의 관계에 주로 관심을 갖고 주변 상황을 고려하여 판단한다. –사람 관계에 주된 관심 '좋다 나쁘다'의 판단 –의미와 영향 –나에게 주는 의미를 중시 –상황적, 포괄적 –우호적 협조
J 판단형(Judging)	P 인식형(Perceiving)
분명한 목적과 방향이 있으며 기한을 엄수하고 철저히 사전에 계획하고 체계적이다. –정리정돈과 계획 –통제와 조정 –의지적 추진 분명한 목적의식과 방향감각 –신속한 결론 –뚜렷한 기준과 자기 의사	목적과 방향은 변화가능하고 상황에 따라 일정을 변경할 수 있으며 자율적아고 융통성이 있다. –상황에 맞추는 개방성 –이해로 수용 –목적과 방향은 변경 가능하다는 개방성 –유유자적한 과정 –융통과 적응 –재량에 따라 처리될 수 있는 포용성

⟨16가지 성격유형 특성⟩

ISTJ
조용하고 신중하며 집중력이 강하다.

ISFJ
차분하고 조용하며 친근하다.

ISTP
조용하며 절제된 호기심으로 인생을 관찰한다.

ISFP
말없이 다정하고 온화하다.

ESTP
현실적인 문제 해결에 능하다.

ESFP
사교적이고 활동적이다.

ESTJ
구체적이고 현실적이며 사실적이다.

ESFJ
마음이 따뜻하고 이야기하는 것을 좋아한다.

INFJ
인내심이 강하고 통찰력과 직관력이 뛰어나다.

INTJ
사고가 독창적이며 창의력이 뛰어나다.

INFP
정열적이고 충실하다.

INTP
조용하고 과묵하다

ENFP
정열적이고 충실하다

ENTP
민첩하고 독창적이다.

ENFJ
따뜻하고 적극적이며 책임감이 강하다.

ENTJ
활동적이고 솔직하다.

* 어세스타(STRONG 진로탐색검사 Ⅱ)

자기
통제력

　　지금의 시대를 4차 산업혁명 시대라고 한다. 다시 말해 인공지능의 시대라고 한다. 4차 산업 혁명시대에 대해서 강의하는 많은 교수님들께서 예를 들어 설명할 때 미국 실리콘밸리의 IT 기업 소개를 한다. 우리가 많이 알고 있는 구글, 애플, 마이크로소프트 등 그들이 대표라고 하겠다.

　　그 교수님들의 강의 내용 중에 인상 깊었던 내용은 실리콘밸리에 있는 유명 사립학교에서는 IT 기기가 한 대도 없다는 내용과 실리콘밸리의 유명 회사 간부들은 자녀에게 IT 기기를 중학생이 된 이후에 제공한다는 것이었다. 반면에 우리나라에서는 커피숍이나 식당에서 아기 의자에 앉아있는 아기들이 스마트 폰이나 태블릿 PC 화면에 손가락으로 얹고 옆으로 스윽 넘기거나, 몰두해서 시청하는 모습을 흔히 볼 수 있다.

　　어느 것이 옳다 그르다 하는 것은 판단의 주제가 되지 않는다. 내가 궁금한 것은 IT 기기는 상용화를 위해서 기술개발을 하고, 많은 이윤을 내는 것이 기업의 목적일 것인데 IT 기술로 시대의 변화를 창조해 낸 기업들은 자기 자녀들에게 일찍부터 제공하지 않고 가능한 최대로 늦게 제공했을까 하는 부분이다.

실리콘밸리 굴지 기업의 CEO들에 대한 공통점을 찾을 수 있었다. 그것은 사회적 공감능력과 새로운 인공지능을 창조해낼 수 있는 창의력 추구를 위한 것이라는 점을 발견할 수 있다. 4차 산업혁명시대로 이끈 주역들은 그들 자녀들의 공감능력과 창의력을 위해서 IT기기의 접근을 일정 기간까지 차단했다는 내용은 아이러니한 반격으로 느꼈다.

이런 내용을 접하면서 엄마의 입장으로 생각하게 되었다. '실리콘밸리 기업의 자녀들은 얼마나 갖고 싶었을까?', '또래들과 IT 세상을 공유하고 싶지 않았을까?', '굳이 그렇게까지 할 필요가 있었을까?' 하는 궁금증이 생기기도 했다.

2015년 EBS『다큐프라임』「가족 쇼크-행복한 훈육, 프랑스 육아」편에는 프랑스 가정에서 아이들이 컴퓨터 게임을 할 때 정해진 시간만큼 하도록 규칙을 정해서 하는 내용이 일부 포함되어 있었다. 유아교육의 의미를 듬뿍 담아서 나는 그 장면을 보면서 아이들에게 자기조절, 통제력을 길러주기에 정답이라고 생각했고, 처음부터 정해진 시간이나 규칙을 잘 지키기는 어려울지 몰라도 점차 규칙을 지키는 아이들로 습관화되는 것이 바람직한 부모의 역할이라 생각했다.

IT기기의 무분별한 허용도 문제가 되지만 남들이 다 갖고 있는 스마트 폰이 없을 때 아이들이 받을 스트레스는 더 클 것이라는 생각도 하게 된다.

초등학교에 입학하고부터 하교 후의 아이가 궁금하기 때문에 휴대전화를 손에 쥐여줬다. 대부분의 엄마들이 그러하다. 아이가 자라면서 그 휴대전화의 기능은 아이의 성장을 뛰어넘어 복잡하고 다양하게 발전하였다. 컴퓨터 한 대의 기능을 장착한 스마트 폰은 아이들만의 소통의 창구가 되기도 했다. 나는 시대변화에 따른 대처가 필요하다고 생각하기 때문에 업그레이드된 스마트 폰을 갖는 것은 그리 문제 되지 않았다. 다만 염려가 되는 것이 있다면 중요한 순간에 집중하지 못하고 스마트 폰에 시간을 뺏기는 것은 아닐까 하는 부분이었다.

가끔 나는 제니에게 "참 독하네."라고 말할 때가 있었다. 학교를 마치고 집으로 오면 아이들은 어느 한순간도 손에서 스마트 폰을 놓지 않고 생활한다. 그런 중에 제니의 스마트 폰 사용을 지켜보면 나름의 규칙을 발견할 수 있었다. 생활계획표 안에서 해야 하는 공부가 있을 때에는 휴대전화를 무음으로 한다. 다 끝나면 부재중 전화를 확인해서 통화하거나 메시지로 답을 했다. 시험 기간에는 휴대전화를 꺼놓기가 일쑤였다. 집중하고 무언가를 할 때는 휴대전화를 뒤집어 놓고 쳐다보지 않았다. 나도 그렇게 못하고 있는데 아이는 자기가 집중하는 그 어떤 것들에 방해받고 싶지 않아 보였다. 이후의 시간에는 마음껏 사용하고 소통하고 그랬다. 또 다른 한 가지를 꼽으면 스마트 폰에 게임을 절대로 다운받지도 않고, 게임을 하지도 않았다. 지금도 그렇다.

똑같은 스마트 폰의 문명이 아이들에게 엄습하더라도 각자의 흥미와 취미가 다르기 때문에 모두가 그것에 빠지지 않을 것이다. 자신을 위로하고 채찍질하지 않으면 학교 밖의 세상에서 단단하게 자기의 꿈을 이루기가 쉽지 않을 것이다. 자기 통제력을 높이기 위한 일련의 지속적인 노력을 통하여 단단해지고, 작은 유혹에도 쓰러지지 않는 자신을 만들어야 할 것이다.

자기통제[self-control, 自己統制]

요약: 바람직하지 못한 행동을 자기 스스로 조절, 억제, 수정하는 것

자기통제는 눈앞의 작은 목표보다 좀 더 지속적이고 더 나은 목표를 달성하기 위해 현재의 충동이나 욕망을 조절하고 즉시의 만족감이나 즐거움을 지연시키는 것이다. 이는 외부영향이 없는 상황에서 자기 스스로 행동을 억제하고, 목표 행동이 달성된 후 그에 따른 긍정적 결과를 맛보기 위한 차원에서 행해진다. 자기통제력은 유혹에 저항하는 능력과 만족을 지연하는 능력, 그리고 충동을 억제하는 능력으로 구성되어 있다. 자기통제력은 부모나 양육자의 양육방식과 관련성이 높고, 비교적 이른 나이부터 발달한다. 그러므로 부모의 자기통제 행동은 자녀에게 모델이 되어 자기통제력 발달에 큰 영향을 미친다.

골드프리드와 머바움(Goldfried & Merbaum)은 자기통제의 5요소를 다음과 같이 제시하였다. 첫째, 변화의 목표와 방향을 자기 자신이 결정한다. 둘째, 목적을 달성하기 위해 자신의 생활과 자신의 주변 환경을 재배치한다. 셋째, 자기통제가 궁극적 성과이기 때문에 행동 자체보다는 자기조절된 결과로, 행동의 성공이 중요하다. 넷째, 자기통제는 보통 사람들이 쉽게 해내는 것이 아니므로 때로

는 쉬울 수도 있지만 쉽지 않을 수도 있다. 다섯째, 자기통제력은
학습할 수 있다.

한편, 자기통제력을 향상시키는 방법은 다음과 같다. 첫째, 현재
문제의 구체적 정의와 목표를 정한다. 둘째, 바람직하지 않은 행동
은 줄이고 바람직한 행동을 할 수 있는 기회를 늘린다. 셋째, 자기
기록을 점검하여 자기 평가를 실시한다. 넷째, 자기 강화와 자기
처벌을 할 수 있도록 한다.

원하는 결과를 얻기 위해 외부로부터의 지시나 통제가 없는 상
황에서 자발적으로 인지, 정서, 행동 등을 조절하는 것을 의미한
다. 즉각적인 보상보다는 장기적인 측면에서의 긍정적 결과를 추
구한다는 점에서 만족 지연과도 연결된다고 볼 수 있다. 1960년대
미국 스탠포드대학교의 심리학자인 월터 미셸(Walter Mischel)은 유
치원 아이들에게 마시멜로우를 주고 선생님이 돌아올 때까지 먹지
말고 기다리라는 지시를 주었다. 이 실험에서 끝까지 마시멜로우를
먹지 않고 기다린 아이들은 그렇지 않은 아이들에 비해 이후 대학
능력시험인 SAT에서 평균적으로 210점 정도 높은 점수를 기록하
였고, 대인관계 능력이 뛰어나며 학업 중단이나 약물 중독과 같은
문제를 일으킬 가능성이 적은 것으로 조사되었다.

칸퍼(Kanfer)는 자기통제가 자기점검, 자기평가, 자기강화의 3단

* 『자기통제[self-control, 自己統制]』(상담학 사전, 2016. 01. 15., 김춘경, 이수연, 이윤주, 정종진,
최웅용)

계로 구성된다고 보았다. 자기점검이란 난관에 봉착하거나 새로운 문제에 부딪혔을 때, 그동안 어떻게 대처했으며, 자신이 무엇을 하고 있는지에 대해 돌아보는 단계이다. 그리고 다음 과정인 자기평가에서는 자신의 행동양식과 자신이 설정한 목표 수준이 일치하는지에 대해 비교하게 된다. 이때 자신의 행동이 효과적인지 아닌지를 평가하고, 자기통제를 위한 노력을 기울이게 된다. 마지막으로 자기강화 단계에서는 수정된 행동과 결과에 대한 피드백으로서 그 행동을 지속하거나 강화할 것인지 결정한다.

1990년대에 사회학자 갓프레드슨(Gottfredson)과 허쉬(Hirschi)는 범죄자들의 심리적 특성과 연관 지어 낮은 자기통제력 이론을 주창하였다. 이 이론에 따르면 아이들은 7~8세경 자기통제 수준을 발달시키고, 이것이 생애 동안 비교적 지속적으로 유지된다. 자기통제력이 낮을 경우 범죄에 더 취약한데, 이들은 미래의 장기적 결과보다는 현재에 초점을 맞추고 만족 지연 능력이 떨어지며, 충동적으로 행동하고 위험을 감수하는 경향이 높다. 또한, 타인을 잘 고려하지 않고 공감능력이 낮다. 이러한 낮은 자기통제력은 비효과적인 부모양육의 산물로서, 아이와 부모 간 애착이 약하거나 아이의 잘못된 행동을 제대로 수정해주지 못한 데서 비롯된다.

그러나 많은 학자들은 자기통제가 근육과 유사한 것으로서, 변하지 않는 속성이라기보다는 충분한 훈련을 통하여 개발이 가능한 것으로 본다. 또한, 월터 미셸의 연구에서는 만족 지연이 신뢰와 연관되어 있다는 결과가 도출되었는데, 그것은 자기통제에서 애착의 중요성에 대해 언급한 갓프레드슨과 허쉬의 이론과 맥을 같이 하는 부분이다.

자기통제는 충동조절 장애, 섭식장애, 인터넷 중독과 같은 임상적 치료 및 학업성취, 조직 구성원의 수행, 소비자 행동 분석, 스포츠 등 다양한 장면에서 활용되고 있다.

*　자기통제 [self-control, 自己統制] (두산백과)

※

천재는
노력의
결과물이다.

여러 가지 검사 결과 이후에 제니에게 쏟아진 관심과 칭찬이 부담스러울 만큼 어색했다. 그다음 어떻게 해야 하는지 나의 숙제가 커져만 갔다.

칭찬을 하는 여러 말 중에 "제니는 천재인가 봐요."라는 말을 제일 많이 들었다. 검사결과가 우수하다고 인정받기 전에는 아무도 아이를 천재라고 말하지 않았다. 어쩌면 다른 사람들 눈에 비친 제니의 모습은 이상한 아이였을 지도 모른다. 왜 다른 아이들처럼 학교에 가지 않고 있는지, 저 엄마는 무슨 생각인지 비난을 했을 것이다.

나와 제니를 모른 체 여러 가지 말들을 했다고 전해 듣기도 했었다. 검사 이후의 제니에게 천재라는 프레임을 씌우면서 마치 노력하지 않고 타고난 재능 정도로 취급했다. 나는 제니의 노력을 알고 있다. 영어를 잘하기 위해서 어릴 때부터 단어 외우기, 영어 동화 읽기, 영어 일기 쓰기, 영영사전으로 찾기, 외국인과 대화하기 등 나름의 노력을 오랜 시간 동안 했었다. 영어가 익숙해질 때 즈음에는 가능한 원서로 읽으려고 했고, 셀럽들이 추천하는 책들에 관심을 많이 가지면서 다양한 책들을 읽기 위한 노력을 했었다.

악기를 배우기 위해서 피아노 학원도 물론 다녔고, 다양한 악기를 배우기 위해서 시간을 조절해 드럼, 플루트, 기타 등 짧은 시간이지만 전문가를 찾아서 배우기도하고 독학으로 관련 도서를 사서 배우기도 했다.

수학을 좋아하는 제니는 일반적인 수학문제 풀이를 하고 난 후 일부지만 페르마 수학문제까지 도전하는 아이였다. 이런 노력을 알고 있기 때문에 천재라고 불리는 그 어떤 사람들도 저절로 된 사람은 아무도 없다. 천재는 노력의 결과물인 것이다. 그들이 노력했던 만큼의 시간을 투자한다면 어떤 누구도 자신의 삶에 아무런 어려움이 없을지도 모르겠다는 생각도 하게 된다.

엄마는
꼰대

얼마 전 TV 프로그램에서 꼰대에 대한 방송을 한 적이 있다. 여러 패널이 참여하여 꼰대에 해당하는지 몇 가지 예를 보여주며 알아보기를 했다. 순간 헉, 나도 해당되는 것 같은 마음에 TV의 장면을 사진 찍어서 차근히 살펴보았다. 그 내용은 이러했다.

꼰대의 육하원칙

누가?	내가 누군지 알아?
언제?	내가 왕년에~.
어디서?	어딜 감히!
무엇을?	뭘 안다고~!
어떻게?	어떻게 나한테…!
왜?	내가 그걸 왜~.

어느 것 하나라도 해당되면 꼰대라고 했다.

충격이었다. 나는 4개가 해당된다. 구체적인 어떤 항복인지는 노코멘트 하겠다. 나의 평소 행동이나 말에서 우리 어린이집에 근무하는 선생님들도 나를 꼰대라고 생각하겠구나 하는 아찔한 생각에 마인드 컨트롤을 하고 출근하기로 결심했다.

꼰대 셀프테스트

1. 공무원 준비하는 세대가 한편으론 도전정신이 부족하다 생각이 든다.
2. 회사에서의 점심시간도 공적인 시간이다.
3. 윗사람 말에는 우선 따르는 것이 생활의 지혜다.
4. 처음 만나는 사람은 나이나 학번을 물어봐야 안심이 된다.
5. 정시 퇴근제는 좋은 복지다.
6. 휴가를 다 쓰는 건 눈치가 보인다.
7. 나보다 늦게 출근하는 후배가 거슬린다.
8. '어려서 뭘 모르네.'라는 생각을 해본 적 있다.
9. '나이가 들면 지혜로워진다.'라는 말에 공감한다.
10. 회식에 개인적 약속으로 빠지는 건 좋지 않다.

우리 어린이집에는 20대부터 50대까지 다양한 연령대가 함께 근무하고 있다. 모두를 아우르기 위한 나의 다짐은 최대한 젊은 20대처럼 생각하자는 것이었다. 그 이유는 내가 나이가 들어가면서 학부모의 연령층과 점점 멀어지고 있기 때문에 젊은 학부모의 Needs를 따라가지 못할까 봐 선생님들과의 대화도, 학부모와의 대화에서 민감성이 떨어지지 않기 위한 노력이 해야 됐기 때문이다.

20대들의 가감 없는 줄임말에 멍할 때도 있고 옷차림도 이해되지 못할 때가 있고 초등학생, 중학생의 화장도 이해되지 않을 때가 많았다. 이런 나의 진짜 속마음으로 내 아이를 이해하기는 더욱 어려웠다. "엄마는 꼰대야!"라고 할까 봐 그 말에 자존심 상할 것 같아 최대한 개방적인 척, 자유로운 영혼처럼 대했을지도 모르겠다.

제니가 중학교에 다닐 때부터 각종 SNS 계정을 만들어서 평소 관심이 많던 패션 관련 포스팅을 열심히 해오면서 많은 사람들이 팔로우를 했다. 그 시점부터 다양한 브랜드에서 마케팅의 수단으로 판매하는 상품을 협찬으로 보내주면서 집으로 택배가 많이 오기 시작했다. 협찬의 효과가 좋았는지 더 많은 분야에서 제품을 받았다. 처음 시작은 옷에서, 서서히 화장품, 향수 등 다양한 제품들을 받아오면서 본인도 점점 관심 분야를 넓혀 가는 것 같았다.

아이의 페이스북으로 사람들이 "그 옷 브랜드가 뭐야? 어디서 샀어?" 등 패션에 대한 문의 메시지를 많이 보냈다. 영국에 있는 지금도 다양한 국적의 사람들로부터 같은 질문들을 받는다고 한다. 온갖 명품으로 차려입은 그들의 눈에도 제니의 패션이 궁금했나 보다.

가장 비싼 것도 옷이고, 가장 싼 것도 옷이다. 다만 입는 사람의 센스에 따라서 그 옷의 가치는 달라진다고 생각하는 게 나의 잔소리 시작이었다. "체형에 맞게 갖춰 입고 최대한 깔끔하게 입어라. 그래야 학교를 그만두고도 사람들의 시선에서 자유로워질 수 있다."라고 잔소리를 이어갔다.

제니의 화장품에는 브랜드는 없다. 화장품의 성분에 맞춘 시시각각의 종류들이 있을 뿐이다. 피부 타입과 피부색을 고려한 맞춤형 화장품으로 갖춰져 있다. 그렇게 고르는 모습을 보면서 '뭐가 저렇게 까다롭지, 화장품이 다 거기서 거기지.' 이렇게 생각했다. 하지만 아이의 생각은 전혀 달랐다. 어떤 화장품은 브랜드 가치보다 알레르기를 유발하는 성분이 함유되어 있고 또 어떤 화장품은 브랜드 인지도는 낮으나 천연성분이 함유되어 있어서 가격이 저렴하고 어쩌고, 이런 분석을 하면서 자신에게 맞는 화장품을 골라서 선택하였다. 아이의 생각을 이해하기까지 시간이 좀 걸리긴 했다.

메이크업을 본격적으로 시작하면서 화장품의 종류는 점차 늘어났다. 나는 전혀 사용하지 않는 것들로 채워져 갔다. 엄마의 마음에는 자꾸만 남의 시선이 의식되어 메이크업도 과하면 안 된다고 입버릇처럼 잔소리를 추가하였다. 제니의 화장은 과하지도 않고 피부 타입에 맞게 자연스러웠는데도 말이었다.

학교 밖 아이라는 프레임을 씌운 건 어쩜 엄마인 내가 먼저 했을지도 모르겠다. 엄마는 아이를 통해 발전되는 것이 분명하다. 나는 내 아이를 통해 반성도 하고, 비전도 갖게 되고 격려도 보기 좋게 할 수 있게 되었다. 엄마는 아직 꼰대에 해당되는 몇 개 항목을 갖고 있지만 서서히 줄여 가보겠다고 다짐을 해본다.

비교의
긍정적인 뜻은
성장이다

아이와 한 살 차이 나는 조카가 있다. 조카와 제니는 남매처럼 자랐고, 여느 집과 마찬가지로 늘 다투고 비교해가면서 자라왔다. 소꿉놀이를 좋아하는 남자 조카와는 반대로 제니는 파워레인저 매직포스놀이(히어로)를 좋아했다. 두 아이의 놀이를 봐서도 알다시피 성향이 전혀 다르고 발달 과정도 전혀 달랐다.

조카는 시험관으로 귀하게 얻은 아들로, 두 집안의 사랑을 독차지하고 자랐다. 말문이 늦게 터지면서 인지적인 측면에서 더디 자랐고, 최선을 다해서 소극적이려는 것처럼 보였다. 그에 반해 제니는 최선을 다해 오빠를 따라잡으려는 것처럼 적극적으로 보였다. 오빠의 놀이, 방문 선생님의 과목들, 별도의 모든 활동에 더 적극적으로 참여하려고 했고 눈빛도 더 진지했었다. 그렇게 둘이는 친남매보다 더 가깝게 지냈었다.

귀하게 얻은 손자여서 외할머니의 사랑은 지나칠 만큼 편애적이었다. 지금도 마찬가지다. 제니가 지금도 듣기 싫어하는 말은 "네가 오빠보다 잘하니까 양보해라."이다. 스스로 하기를 지극히 좋아하는 제니의 눈에는 주변 모든 사람이 도와주는 오빠의 모습을 못마땅해하며 이해를 하지 못하고, 자신이 차별받는 상황들이 지속되면서 둘의 다툼은 사소한 것들로 이어져갔다. 가족이라 평생을 보고 지내야 하는데 둘을 대하는 가족들의 태도나 아이들의 행동에서도 뭔가 잘못되어간다는 생각을 하게 되었다. 어쩔 수 없는 비교가 득이 되어야 하는데, 자주 독이 되는 사건들이 발생하고 아이들이 서로 상처받게 되었다.

하루는 조카가 제니에게 "나는 골프도 배우고 외국여행도 가고 다 해주는데 엄마한테 말해서 너는 그런 거 안 시켜줄 거다."라고 했다. 아주 어릴 때 했던 말이었지만 그 말에 제니도 나도 놀랐고, 이다음 대처를 어떻게 해야 할지 어안이 벙벙했었다. 차분히 가라앉히고 왜 그런 말을 했는지 물어봤을 때 조카의 대답은 어른들을 미안하게 만들었다. "가족들이 다 제니가 잘한다고 하니까 심술이 났고, 나도 잘하는 거 보여주고 싶었다."라고 했다. 이후에 나는 가족들과 함께 대화를 충분히 나눴다. 아이들이 건강한 인성으로 자라기 위해서는 긍정의 비교는 좋지만, 서로에게 상처가 되는 말과 행동은 하지 않기로 하고 좀 더 신중하게 아이들의 자라는 모습을 격려하기로 했다. 시간이 지날수록 되돌아가고 또 되돌아가기도 했다. 지금은 조카는 서울에서, 제니는 영국에 있으면서 서로의 생일을 국제우편으로 챙겨주기도 하고, 서점에서 우연히 발견한 책이 해당되는 내용이면 권유하기도 한다. 친남매 이상으로 투닥투닥거리면서 지내고 있다.

유아들은 동생이 태어나면 전에 없던 행동들을 하면서 동생에 대한 질투로 부모를 힘들게 할 때가 있다. 아이의 입장에서는 불에 덴 것과 같은 충격이라고 한다. 비록 친남매는 아니지만, 외할머니가 주로 돌봐주셨기 때문에 함께 자라면서 서로에게 충격을 주고받을 수밖에 없었다. 전혀 다른 성향과 다른 흥미와 재능을 갖고 있었던 아이들에게는 늘 비교와 질투 속에 자라면서 서로 싫어하는 부분도 닮아가는 최고의 경쟁자였을 것이다.

아이에게 이야기할 때 다른 아이와 비교하면 자존감이 낮아진다. 그렇기 때문에 아이의 있는 그대로의 모습을 인정하고 존중하며 자아를 형성하도록 하는 것이 가장 바람직하다. 비교 속에서 자랐지만, 서로를 닮아가는 긍정의 효과도 분명 있었다. 그래서 나는 비난이 아닌 비교는 서로를 성장하게 한다는 것을 말하고 싶다.

엄마의 모습이
아이를
성장하게 한다

나는 늘 공부에 대한 아쉬움이 많았다. 내가 대학을 진학할 때에는 가정형편이 어려워서 4년제 대학을 보낼 만큼 여유가 있지 않았다. 그래서 전문대를 졸업하고 현장에 빨리 취업했다. 이후 어린이 집을 운영하면서도 나의 목마름은 점점 더 커졌고, 피곤하지만 어떤 도전이라도 하지 않으면 인생을 두고 후회할 것이 분명했기 때문에 방송통신대학교로 편입해서 도전해보기도 했다. 방송통신대학교로 졸업한 그 모든 사람들은 나의 존경의 대상이다. 업을 하면서 방송통신대학교로 공부한다는 것이 나에게는 불가항력일 만큼 힘들었다. 한 학기의 도전으로 나의 방송통신대학교는 끝이었다. 다른 방향을 찾아서 계속 도전을 했다. 독학사로 학점을 이수하기도 했고, 학점은행제로 학점을 채워서 학사를 마무리할 수 있었다. 학사를 마무리하기까지 2년이란 시간이 걸렸다.

이후 나의 도전은 끝이 아니었다. 대학원 진학을 결심하고 원서접수를 했다. 유아교육대학원에 합격했고, 무사히 석사를 마치고 학위를 손에 쥐게 되었다. 내가 공부에 목말라하고 지속해서 도전하는 모습을 아이는 내내 지켜보고 있었다. 잠을 아껴가면서 책을 손에서 놓지 않았고, 만학도이기 때문에 젊은 학생들을 못 따라갈까 봐 초조한 마음으로 열심히 노력했다. 열심히 한 결과 장학금도 받았다. 엄마의 도전이 아이에게 자극이 되었는지 내가 공부할 때면 곁에서 방해되지 않게 자기의 공부를 하거나 아주 조용히 자기의 원하는 정보를 찾으며 엄마의 시간에 함께 했다.

만학도 엄마의 공부하는 모습은 충분한 자극제가 되었을 것이라고 나는 생각한다. 대학원 진학은 아이가 중학교 2학년이 될 때였다. 나는 대학원 공부를 하고 있을 때 아이는 중학교를 떠나올 때였다. 나는 확신이 있었다. 자식은 부모의 등을 보고 자란다고 누군가가 말했던 걸 기억한다. 함께 늘 공부하고 책을 곁에 했던 엄마와 딸이기 때문에 더 큰 꿈을 꾸고 남다른 도전을 하리라는 것을 나는 알고 있었다.

'엄마의 바람이나 크기로 아이가 자라는 것이 아니라 아이의 꿈에, 아이의 도전에 엄마는 응원하고 기다려 주는 것'이라는 것을….

앞으로 어떤 미래가 펼쳐질지 아무도 모른다고 하지만 분명 아이가 선택한 미래라면 우리나라를 위한 것, 그리고 가치 있는 일이라는 것을 나는 알고 있다.

✳
일단
도전

　　내가 알고 있는 제니는 심심함을 못 견뎌 하는 아이다. 매일 같은 일상을 반복하면서 지내지만 그사이에 조금의 여유가 생기면 뭐라도 하려고 검색을 한다. 부지런함이라고 말해야 할지 뭐라고 말을 해야 할지 아리송하지만 여러 가지에 도전하고 시도하기를 이어갔다.

　　검정고시로 고등학교 졸업을 했을 때 나이는 17세였다. 대학교 진학을 위해 국내뿐만 아니라 해외 대학교에 이르기까지 정보를 수집하면서 아이는 점점 해외 대학교에 관심을 가지게 되었다. 해외로 대학에 진학하기 위해서는 먼저 갖춰야 되는 공인 영어 점수가 있어야 했다. 초등학교 고학년부터 점수와는 상관없이 텝스, 토익, 토플 시험에 도전해봤기 때문에 겁내지는 않았던 것 같다.

　　미국 대학에 전혀 아는 바가 없던 터라 우린 다시 전문가를 찾게 되었고, 강남에 있는 ACT 공인 유학원이란 글자에 이끌려 상담을 할 수 있게 되었다. 미국에 아는 사람도 하나 없는 나는 막연함이 있었고, 선교사님을 통해 미국에 다녀온 아이는 알 수 없는 자신감으로 선생님과 마주 앉았다. 먼저 어느 정도 실력이 되는지 테스트를 하겠다고 했고, 시간이 오래 걸리기 때문에 엄마는 나가서 시간을 보내고 와도 좋다고 했다. 강남 한복판에서 나는 어디로 가야 할지 모른 채로 길 건너 보이는 커피숍으로 향했고, 그날따라 스타벅스의 아메리카노는 너무 썼다는 기억이 남아있다.

한 세 시간 정도 지날 때쯤 "어머니 오셔도 되세요!"라는 전화를 받았다. 쓴 커피를 두 잔 정도 마시고 온 입안이 굳어 가는 것 같은 기분으로 다시 찾은 그곳에서는 계단 입구부터 아주 격앙된 목소리를 들을 수 있었다. 분명 그것은 놀라움이었다. 어떤 놀람인지 알 수 없던 나는 무지 떨렸지만, 최대한 침착한 척하면서 자리에 앉았다. 그것은 지난해 미국에서 치러진 ACT 시험이었다. 온통 영어로만 적혀있던 시험지를 보는데 나는 도무지 알 수가 없었다. 결과를 알려주는 선생님도 잔뜩 흥분된 목소리로 설명하기 시작했다. 만점이 36점인데 제니가 32점을 받았다는 것이다. 그게 어떤 의미인지도 알 수 없었다. 알 수 없는 표정을 짓는 내게 미국 대학의 리스트를 보여주면서 그 성적으로 갈 수 있는 대학을 소개하기 시작했다. 나는 작은 힌트 정도라도 얻을 수 있을까 하는 마음이었는데 그곳에서 준비 없이 치러본 테스트 결과를 보고 미국의 아이비리그를 마구잡이로 대비시켰다. 물론 결과가 너무나 어이없을 만큼 좋아서 놀랐고 기뻤고 고맙고 그랬다. 제니가 그토록 원했던 하버드 로스쿨도 갈 수 있다고 했다. 어느 것도 결정할 수 없던 나와 제니는 마냥 좋은 채로 집으로 돌아왔다.

다음 날부터 계속 전화가 왔다. 이런 성적이 ACT 공부를 하지 않던 학생이 나올 수 없는데 대단한 아이임이 분명하니까 맡겨주면 하버드로 보내겠다는 것이었다. 며칠 동안 우리 가족의 고민은 깊어졌다. 아이의 실력이 뛰어난 건 무엇보다 기쁜 소식임이 분명하지만, 흔히 말하는 재벌 2세도 아니고 아이비리그를 감당할 만큼의 능력은 절대로 아니었다. 점점 학교 순위를 내리고 또 내리면서 감당할 수 있을 만큼의 학교를 찾기 시작했고 미국, 영국 영토를 확장해가면서 찾아야만 했다.

해외 어디를 가든 시골에서는 스스로 준비하고 공부하는 데 한계가 있었다. 서울의 원룸을 월세로 계약하고 혼자만의 해외 대학 준비에 돌입했다. 그때가 제니가 17살 때였다. 밥하고 빨래하고 공부하고 집에는 거의 오지 못하고 열심히 노력했다. 모든 스케줄을 혼자 관리하면서 온전히 자신만의 시간을 관리 감독했다.

어느 날은 금요일까지 열심히 공부를 했기 때문에 주말만큼은 몸이 할 수 있는 것에 도전하고 싶다고 했다. 공방에 등록하여 주말마다 가서 여러 가지 가죽 제품들을 만들어 오더니 가방을 만들어서 지금까지도 잘 사용하고 있다. 서울에 있는 다양한 갤러리를 찾아다니면서 기획 전시나 사진을 보러 다니며 나름 누릴 수 있는 다양한 것들에 대한 도전들이 다채로웠다. 주말에 좀 더 푹 쉬면서 늘어질 만도 했지만 잠시도 가만있지 못한 성격 탓에 여러 가지 경험을 해볼 수 있었던 것 같다.

집을 떠나서 혼자 지냈기 때문에 더욱 자신을 담금질하고 허투루 시간을 쓰지 않으려고 노력했다고 했다. 부모라도 아이의 대견함 모습에는 배워야 할 것 같았다. 품을 떠나 지내는 아이가 어려서 어쩌나 하는 걱정은 모조리 쓸데없는 걱정으로 만들어버렸다. 목표가 설정되고 분명해져있기 때문에 일상의 계획들은 자신을 가장 효과적으로 이르게 하는 데 집중이 되어있었고, 하나하나 이뤄가면서 라이프스타일을 찾는 것 같았다. 엄마는 그저 "밥 먹었어? 아픈 곳은 없어?" 같은 안부만 물을 뿐이었다. 지금도 밤낮이 다른 아이와 영상통화를 할 때면 "밥 먹었어? 아픈 곳은?"라고만 할 뿐이다.

이제는 엄마들도 아이들에게 맡기자. 스스로 해결할 수 있도록. 잘하는 아이들인데 기회조차 주지 않았던 것은 아닐까? 인생의 설계를 하도록 하고, 그에 맞는 책임을 지도록 맡기자. 그러면서 기다려 주자. 도움을 요청할 때까지 그저 믿어주자.

"댁의 자녀니까 그렇게 할 수 있었지, 우리는 절대로 안 돼요."라고 말할 수 있다. 하지만 시도조차 해보지 않았다면 그건 모르는 말이다. 자기 인생을 망치고 싶은 사람은 아무도 없다. 자기의 인생에 여러 가지 길이 있음을 알려 준 다음 선택하고 노력할 수 있는 지혜를 더해주자. 자기 삶에 책임질 수 있는 스케줄을 짜볼 수 있는 아이들로 만들어 가길 나는 권해본다.

나도 지금은 계속 노력하고 실천하기를 반복하고 있다.

나도 할 수 있는데 그 어떤 부모가 안될까?

학교 밖 아이도 이런 도전을 하고 꿈을 키우고 있다.

그건 모두가 그렇게 할 수 있다는 증거라고 말하고 싶다.

학교를
떠나오면서

　　초등학교 6년을 보내는 동안 친구들의 무리에서 신나게 또는 힘들게 지냈던 기억이 난다. 학급 회장을 여러 번 하고, 아람단 단장으로 상을 받기도 했다. 졸업을 할 때에는 성적 우수 장학금도 받았다. 또래들처럼 친구들과 다툼도 있었고 다시 또 놀기도 하고 편지도 엄청 받고 즐겁게 보냈었다.

　　우리 동네는 시골이라 중학교의 지망도 그리 다양하지는 않았다. 1지망 했던 동네 사립중학교로 입학하게 되었다. 체육 시간이 되었다. 학교 내에 있는 강당에서 수업을 기다리면서 여중생들은 깔깔대고 조잘거리며 강당에 비치된 피아노를 치면서 아이들과 노래를 부르고 있었다. 수업 시작 종소리가 들리면서 체육 선생님은 강당으로 들어오셨다. "야! 누가 피아노 쳤어?" 아이들은 일제히 제니를 쳐다보았고, 제니는 "제가 쳤는데요?"라고 했다. 그러자 체육 선생님은 "체육 시간에 누가 피아노 치래? 너는 왜 다른 아이들처럼 하지 않고 설치냐?"라고 했다. 그 자리에 있던 아이들과 제니는 충격을 받지 않을 수 없었다. 나는 이 이야기를 들으면서 쉬는 시간 동안 아이들과 놀이하면서 피아노 친 것이 수업이 시작된 상황에서 이렇게 면박을 줄 만큼의 잘못된 행동이었는지 의아했고, 진짜 체육 선생님이 그렇게 말했는지 여러 번 물었다. 당장에라도 학교로 달려가고 싶을 만큼 어이가 없었다. 그러나 "선생님이 기분 안 좋은 일이 있었던 모양이다."라고 별일 아닌 듯이 넘어간 적이 있었다.

다른 어느 날 역사 시간이었다. 느닷없이 역사 선생님이 아이들에게 질문을 했다.

"교회 다니는 사람 손 들어 봐."

그 반에 교회 다니는 아이들이 많지만 아이들은 왜 질문하는지 아는 듯 손을 들지 않았고, 숨길 이유가 없다고 생각한 제니는 손을 번쩍 들었다. 선생님의 질문이 이어졌다. "하나님과 하느님의 차이가 뭔지 알아?" 아이는 대답했다. "하나님은 하나밖에 없는 유일신이고, 하느님은 하늘에 계신 분 아닌가요?" 역사 선생님은 비아냥거리면서 "그거 아니거든?" 하면서 아무런 설명도 없이 아이들 앞에서 세워놓고 수업 마치는 종소리와 함께 교실을 나가버렸다.

제니가 다니던 학교는 천주교 재단의 사립학교였다. 이게 무슨 말도 안 되는 소린가 하고 화가 났었다. 하느님과 하나님을 왜 역사 시간에 질문하는지도 기가 막히는데, 아무런 대처도 없이 아이들 앞에서 비아냥거리고 아이들 앞에서 놀림거리로 만들어 놓은 그 선생님의 태도는 분명 문제가 있다고 생각했다. 이번에는 어떤 의도였는지 꼭 들어봐야겠다 싶어서 학교로 찾아갔다. 내가 학교 간다고 분명히 알렸고, 그 선생님을 꼭 보고 싶다고 했는데 시간 맞춰서 자리를 피했다고 했다.

교감 선생님과 면담을 했다. 교감 선생님은 검색을 해보시더니 아이의 대답이 '맞다'고 하셨다. 나는 대답의 맞고 틀림이 중요한 것이 아니었다. 선생님의 태도로 인해 한참 민감한 시기의 여중생이 상처를 받아서 회복시켜줘야 한다는 이야기를 하려 했었다. 그런 나의 의도를 전혀 파악하지 않는 학교의 대처에 불신은 커져갔다. 그다음에 하시는 말씀은 더 충격적이었다. 이 학교는 사립이기 때문에 교육청에 민원을 넣는 것보다 재단 사무실에 민원을 직접 넣는 것이 빠르다고 했다. '내가 들은 이 말이 뭐지? 학교에서 이렇게 해도 된다는 말인가?' 하는 생각을 떨쳐버릴 수가 없었다. 이런 면담을 하고 온 나는 아이에게 사실대로 말할 수가 없었다. 그다음 역사 시간에 선생님이 사과를 했다고 한다. "그게 그렇게 억울했나? 그래 미안하다." 이렇게…. 차라리 사과를 하지 않는 게 더 좋았지 않았을까 싶다.

중학교를 그만두면서 주변에서 흔히들 하는 말들이 "중학교는 의무교육인데 걱정되지 않냐?", "여기 학교 선생님들 다 그런데 그냥 좀 참고 지내지." 이런 내용이었다. 제니는 이런 중학생 시절을 떠올리면 다

시 돌아가더라도 같은 선택을 했을 거라고 말한다. 물론 모든 선생님이 다 그렇지 않다. 아이들의 발전을 위해 고민하고 함께 아파하는 훌륭한 선생님들도 계신다.

얼마 전 방영된 드라마 『블랙독』을 아주 흥미롭게 봤다. 선생님들의 입장에서 드라마가 전개되었고, 우리나라 입시에 관한 이야기들과 기간제 교사들의 이야기들을 다룬 드라마였다. 거기에 나온 선생님들의 모습을 보면서 '우리 아이가 저런 선생님을 만났더라면 지금은 어떤 인생을 살고 있을까?' 하고 생각이 나도 모르게 저절로 하게 되었다. 그 드라마를 보면서 학교 선생님들이 수업만 잘해서도, 인기만 많아서도 안 되고 뭐 하나 부족해도 참 어렵겠다는 것과 또 그 안에서 살아남기 위한 여러 어려움이 있다는 것도 공감이 되었다.

저마다 삶의 방식은 다르다고 하지만 그 옛날 선생님을 기억하면 따뜻함이 먼저 떠오른다. (폭력적인 선생님도 계셨지만) 지금의 우리 아이들에게도 그런 따뜻함을 떠올리게 해줄 순 없을까 하는 아쉬움이 많이 생긴다.

제니의 학교생활은 선생님들로부터 존중받지 못함과 남들과 다른 재능을 인정하지 않고 시기 질투의 대상으로 삼아 견디지 못하게 했던 시간들로 가득 차 있다. 이제는 그때의 원망이나 미움도 사라졌지만, 시대가 변한 만큼 학교에서만큼은 아이들의 개성을 인정하고 존중해서 상처받는 아이들이 없기를 바라는 마음이다.

그런 존중받지 못하는 일들이 반복되면서 상처가 깊어가는 아이를 그대로 둘 수 없었고, 때마침 미국 선교사님의 권유에 나는 깊은 고민을 하고 아이를 미국으로 보낼 수 있었다. 그때 그런 결정이 있었기 때문에 아이의 숨은 잠재력을 발견하게 되었고, 더 큰 세상을 접할 수 있었다.

완전한 인격이 만들어지지 않은 청소년 시기의 아이들은 우리가 좀 더 따스한 눈으로 바라보고 지켜줘야 할 대상이다. 키가 크고 화장을 아무리 하더라도 지나가는 학생들을 보면 우리는 대충 몇 살쯤 된다고 알아볼 수 있다. 어른 같은 모습을 꾸밀 수는 있지만, 내면의 성장이 진행되고 있기 때문에 판단력이 부족하기 마련이다. 우리나라 아동복지법에서는 만18세 미만을 아동으로 규정한다. 청소년들은 마땅히 보호하고 보호받을 아동에 속한다. 이 땅의 모든 아동이 사랑 속에서 자라길 희망한다.

21세기
아이의
직업 개념

      2000년을 맞이하면서 새 시대에 대한 기대와 희망으로 가득했던 기억이 새록새록 떠오른다.

  1987년 마이클 J 폭스 주연의 『백 투 더 퓨처』를 아주 흥미롭게 봤던 나는 2000년이 되면 그 영화의 장면들이 현실이 된다는 막연한 생각을 했었다. 영화에서는 신으면 자동으로 발 사이즈에 맞추어 주는 운동화, 화상통화, 음성인식 명령어, 지문으로 문 열기, 범죄자를 잡기 위한 비행기구 등이 있었다.

  영화에서는 2015년을 상상하면서 이런 가상현실을 소개했었다. 현재를 살아가는 우리는 화상통화도 하고, 드론을 띄워서 배달도 하고, 범죄자 추적도 가능하고, 음성으로 명령을 할 수도 있다. 지문인식뿐만 아니라 홍채인식, 안면인식도 가능하다. AI 인공지능과 함께 살아가고 있는 우리의 아이들은 어떤 미래를 상상하면서 꿈을 키우고 현실로 만들어 낼지 기대가 된다.

  생활기록부에 쓴 장래희망 속 과학자가 막연하게 쓴 것이 아니라 우리의 삶을 변화시키는 현실의 직업이 되면 얼마나 멋질까 생각하게 된다.

몇 년 전 TV에 방영된 광고 카피 중에서 기억에 남는 내용이 있었다. "아이돌도 필요하지만 우리에겐 과학자가 더 많이 필요합니다."라는 내용이었다. 요즘 아이들이 가장 하고 싶은 직업이 연예인이라고 한다.

다양한 매체를 통해서 전달되는 수많은 아이돌의 소식과 어떤 노력으로 브라운관에 모습을 나타내는지는 알 수 없이 화려함이 부각되어 꿈을 꾸는 아이들이 많아졌다. 예전에 EBS 방송국에서 『곰디와 친구들』 프로그램 촬영에 우리 원 아이들이 참여한 적이 있었다. 잠깐 나오는 장면이었지만 엄청나게 연습을 하고, 맞춰보고 또 맞춰보기를 여러 번 했었다. 우리 아이들 외에 고정 출연했던 아역배우들이 있었다. 카메라 앞에서는 프로다운 모습을 보이면서 미소를 잃지 않고 감독님들이 시키는 자세 하나하나 흐트러짐 없이 해냈었다. 반면 신나하던 우리 원 아이들은 처음과는 다르게 힘들다, 하기 싫다, 재미없다 온갖 핑계를 대고 점점 표정이 어두워져갔다. 간신히 달래서 촬영을 마쳤는데 그 적은 장면을 촬영하는데도 산 정상을 등반한 것 같은 피곤함이 쏟아졌는데, 연예인으로 주목받기 위해서는 얼마나 혹독한 훈련이 있을까 하며 내 아이가 한다고 하면 적극적으로 말려야겠다고 생각한 적이 있었다. 쉽게 보이고 좋아 보이는 그 어떤 직업도 노력 없이 되는 게 없지만, 힘든 노력 없이 성공한 것처럼 보이는 연예인들이 아이들의 꿈을 좁게 만드는 것일 수도 있다는 생각도 해본다.

연예인을 꿈꾸는 것만큼 지나치다 싶을 만큼 지금은 공시생들이 어마어마하게 많다. 공시생은 공무원시험을 준비하는 사람들을 가리켜 하는 말이다. 이제는 광고 카피도 변해야 할 것 같다. "공무원도 필요하지만 과학자도 필요하다."라고.

2018년 지방공무원의 평균 경쟁률이 14.2:1이었다. 지방마다 다소 차이는 있지만, 해마다 공무원시험의 응시율이 높아지고 있다. 안정된 평생직장을 누구나 원하고 또 원한다는 것을 알 수 있다. 소위 말하는 SKY 대학 출신의 공무원 수도 해마다 늘어나고 있다. 전공을 살려서 나라와 인류의 발전을 위해서 좀 더 다양한 분야에서 직업을 개발하고 만들어 가면 얼마나 좋을까 하는 생각도 해보았다.

2000년 이후에 태어난 아이들도 그러할까?

4차 산업혁명시대, 인공지능, AI, 플랫폼 사업 등 다소 낯선 단어들이 이 시대를 나타내는 시대를 살면서 인간은 인공지능, 로봇에 의해 직업을 잃을 것을 걱정하고 있다. 인간의 수명은 길어지고, 직업은 사라질 위기에 21세기의 아이들에게 지혜를 구해야 하지 않을까 한다.

인터넷 기반의 사업과 플랫폼 사업 등 여러 일자리가 공유되고, 연결되는 다양한 직업에 쉽게 접근하고 활용할 줄 아는 21세기 아이들에게 직업의 다양성을 배워야 할 것이라 생각한다. 그들의 꿈에는 공무원만 있지 않을 것이다.

4차 산업혁명시대를 나타내는 직업

우리 정신과 마음, 영혼을 함께 모아 지혜를 발휘해야만 우리에게 닥칠 문제들을 의미 있게 다룰 수 있다. 그러기 위해서는 다음 네 가지 지능을 키우고 적용하여, 파괴적 혁신이 가진 잠재성을 잘 파악하고 끌어내 활용해야 한다. (클라우드 슈바프, 『제4차 산업혁명』)

Contextual Intelligence(상황, 맥락 지능), Emotional Intelligence(정서 지능), Inspired Intelligence(직관적인 지능), Physical Intelligence(운동 조절, 자기지배 능력)

3D프린터 관련 생겨날 직업

1. 3D프린터 소재 전문가: 재료, 소재를 선별

2. 3D프린터 비용산정 전문가: 3D프린터 가격 측정

3. 3D프린터 잉크개발자: 다양한 종류의 3D프린터 잉크 개발

4. 3D프린터 패션디자이너

5. 3D 음식 프린터 요리사

6. 신체장기에이전트: 인간의 장기 수요 관리

7. 3D 비주얼 상상가

드론 관련 생겨날 직업

1. 드론 분류 전문가: 드론의 종류와 성능에 따라 다르게 적용되는 법률 능통
   전문가

2. 드론 조종 인증 전문가: 조종 면허 인증 전문가

3. 환경오염 최소화 전문가

4. 악영향 최소화 전문가

5. 드론 표준 전문가

6. 드론도킹 설계자 및 엔지니어

7. 자동화 엔지니어: GPS에 따라 자동으로 제어하는 기술 개발

무인자동차 관련 생겨날 직업

1. 교통모니터링 시스템 플래너

2. 자동 교통 건축가 및 엔지니어: 무인자동차 교통 흐름 바탕으로
   교통시스템 바탕 계획 설계

3. 무인 시승 체험 디자이너

4. 무인 운영 시스템 엔지니어

5. 응급상황 처리대원

6. 충격 최소화 전문가

7. 교통 수요 전문가

소프트웨어 관련 생겨날 직업

1. 데이터 폐기물 관리자: 저장소에 불필요한 데이터 제거,
   한정된 저장 공간 효과적 처리

2. 데이터 인터페이스 전문가

3. 컴퓨터 개성디자이너

4. 데이터 인질 전문가: 개인 데이터 노리는 범죄

5. 개인정보 보호관리자

6. 데이터 모델러

　신재생에너지, 바이오산업, 환경, 자연재해 관련 직종, 전문 지식
이 필요한 경영, 금융서비스, 건축, 공학, 컴퓨터, 수학, 감정 직업

*　KBS 『오늘 미래를 만나다』「미래학자 토마스 프레이의 미래 직업」(2018)

연예인의
관리법을
배우자

　　나는 세상에서 가장 어렵고 힘든 것이 다이어트라고 생각한다.

　마음만 먹으면 쉽게 빼고 찌우는 연예인들은 보면서 '뭔가 우리가 알지 못하는 약이 있을 거야.'라고 단정 지으며 스스로 위로를 하고 한다.

　어떤 프로그램에서는 연예인들의 피부를 진단하면서 실제 나이보다 10살 어리다는 결과를 알려주면 그녀만의 비법을 공개하고 배우려고 한다.

　연예인들은 평생 다이어트와 사투를 벌이고 특히 아이돌 가수는 늘씬한 몸매지만 늘 다이어트로 음식을 조절하는 모습을 자주 볼 수 있다.

　연습생시간도 기본 5, 6년이고 실제 연습생을 지나도 데뷔를 못 하는 사람들도 있었고, 지금도 그들은 자신을 돋보이기 위해서 자기관리에 아주 혹독하게 하고 있을 것이다.

　피부가 실제 나이보다 12년이나 젊게 나온 한 여배우가 "특별한 비법은 아니지만 콜라겐을 20년 전부터 꾸준히 섭취했어요. 또 수소 물을 하루에 2L 이상 마셨어요. 석류를 먹었어요." 등 나는 20년 전에 잘 알지도 못했던 것들로 관리를 했다고 한다.

부러워하면서 실제 행동에 옮기지 못했기 때문에 나에게는 세상에서 가장 어렵고 힘든 게 다이어트!

한 분야에서 자신이 인정받고 꾸준하게 대중들에게 알리기 위해서 보이지 않는 곳에서도 오랜 시간 동안 노력을 했다. 그렇기 때문에 연예인들은 다양한 모습으로 변신을 하면서 대중들의 사랑을 받고 있을 것이다.

그들은 왜 그렇게 자신을 훈련시키고 절제하며 노력하는 것일까?

목표가 분명했기 때문이라고 생각한다.

자신 앞에 펼쳐질 가까운 미래모습을 생각하면 행복했기 때문일 것이다.

그렇다. 아이들도 자신만의 목표를 세워야 한다.

변화무쌍한 아이들의 세계에서는 먼 미래보다 아이들의 성향에 맞는 가까운 미래를 구체적으로 설계한 목표가 제시되어야 한다.

제니의 목표는 길게는 1년 짧게는 한 달씩으로 설계한다. 이번 달에 성취할 목표에 대한 구체적인 설정을 하고 당해에 이루고자 하는 목표를 설계해 간다.

나 또한 한해를 시작하면서 올해의 목표 설정을 하고 그 한 달 한 달의 시작 전에 해내야 할 것들을 체크하고 실행에 옮긴다. 참 아이러니하게도 직업에 관련된 목표설정과 도전은 가능하지만 나에게 관련된 다이어트만큼은 냉혹해지지 않는다. 내가 연예인이 아니라서 그런가 보다.

목표를 세운다고 해서 모두가 한 번에 잘 해내기는 당연히 어렵다. 유아들의 칭찬스티커처럼 그달에 잘해낸 것과 그렇지 못한 것을 비교해 보고, 다음에는 좀 더 잘해낼 수 있는 동기부여를 해주어야 할 것이다. 연예인들이 꾸준하게 콜라겐을 섭취한 것과 같이 꾸준함이 필요하다. 자신과의 싸움에서 한계를 이겨내야 한다는 것은 분명하다.

나는 한약을 한 재 지어서 단 한 번도 끝까지 다 먹은 적이 없다. 먹기 싫을 때마다 변명이 하나씩 추가되고 먹기 싫은 이유를 자꾸 만들어 냈었다. 한약을 지을 때는 다 먹고 나면 몸도 가뿐해지고 기력도 회복되어 넘치는 에너자이저를 기대했다. 막상 먹기 시작하면 한약의 그 쓴맛과 향 때문에 기대했던 그 마음은 전혀 생각나지도 않고, 이 걸 다 안 먹고 냄새만 맡아도 금방 나아질 것 같았기 때문이다. 나의 이런 부족한 끈기가 아이한테서는 나타나질 않길 바라면서 나는 하지 못하는 끈기와 지구력을 훈련시키고 싶어 했다.

제니는 나와 전혀 다른 기질을 갖고 있는 아인데 참 쓸데없는 걱정까지 했다는 걸 아이가 자라는 순간순간 알 수 있었다. 나는 책을 읽을 때 목차에서 내가 읽고 싶은 부분을 먼저 찾아서 읽는 경향이 있다. 왜냐하면, 지겨운 걸 너무 싫어하기 때문이다. 여행 가방을 준비할 때도 일정에 따라 필요한 것들을 생각하면서 가방에 채운다. 빨리빨리 하고 다른 걸 해야 된다는 생각들로 나의 뇌 회로는 쉴새없이 돌아가기 때문인 것 같다. 어린이집에 영유아들과 오랜 시간들 보내다 보니 어떤 하나를 오래 하고 기다리고 이런 습관들이 아니라 늘 바삐 움직이고, 주변의 변화를 빨리 알아차리고 먼저 해결해야 하는 생활이 자연스럽게 몸에 배여있는 것 같다.

나와 다른 제니의 모습을 그려보려 한다. 책을 고를 때는 추천사도 검색해서 읽어보고 책 표지부터 꼼꼼히 살펴본다. 머리말, 맺음말, 참고 문헌까지도 차근차근히 읽는다. 마치 꼬리 물기를 하듯이 먼저 읽은 책에서 관련된 다른 책이 소개가 되면 그러한 책들도 살펴본다. 유명한 셀럽들의 추천 도서들은 먼저 읽어보고 싶어 한다. 여행 가방을 준비할 때는 시간을 충분히 두고 챙긴다. 여행 장소와 일정과 방문 장소를 체크하고 노트에 필요한 것들을 꼼꼼히 메모를 한다. 하나씩 꺼내면서 챙긴 것들은 줄을 그어서 표시한다. 좁은 가방 안에는 종류별 파우치들이 빼곡하게 들어있다. 여행지에 가서도 가방은 흐트러짐 없이 종류별로 구분한 파우치에서 꺼내기만 하면 되도록 정리한다.

나와 같은 일반인들은 매니저가 없다. 스스로 알아서 자기를 관리하고 챙겨야 한다. 쓸데없이 꼼꼼함을 보이는 제니를 볼 때 답답함도 있었다. 하지만 절대 손대주지 않았고 스스로 할 수 있게 두었다. 연예인들의 10살 어린 피부 관리법만큼이나 자녀들에게는 자신만의 관리법이 절대적으로 필요하다고 생각한다.

나도 요즘은 여행가방을 준비할 때는 제니처럼 챙기려고 노력한다. 그렇게 할 때에 실수가 적었고, 혹시나 하고 생길 일에 대한 준비를 더 할 수 있었다. 옛 어른들의 말씀 중에 "여든 늙은이 고손자한테 배운다."라는 말이 생각난다. 배움에는 끝이 없는 것 같다. 어른이라고 완벽한 것도 아니고 아이들에게 삶의 지혜를 배우는 것도 필요하다.

✳ 감성을
공유하다

내가 좋아하는 음악은 90년대 감성 음악이다. 그 시절의 음악은 가사로부터 전달되는 감정과 가수들 고유의 음색들이 잘 어우러져서 듣고 위로를 받기도 하고 공감을 하기도 했다. 요즘의 음악들은 가사 전달 위주라기보다는 보는 음악 위주인 것 같아서 내겐 쉽지 않다. 그래서 지나간 시간의 노래들이 들리면 힐링이 되는 것 같다.

나의 이런 감성 탓인지 제니의 음악 감성은 나와 동시대를 살고 있다. 하물며 나도 잘 알지 못하는 나의 시대 노래를 리스트에 담아놓고 들었다. 우리가 김광석의 유명한 노래에 울고 웃었다면 김광석의 숨은 명곡들을 다 찾아서 듣고 그 시대를 풍미했던 가수들의 노래를 흥얼거렸다. 팝송이라고 예외는 아니었다. 제니는 한국 가요만큼이나 다양한 시대의 외국 노래들도 함께 따라 불렀다. 나와 같은 감성으로 노래를 듣는다는 것이 대화의 아주 중요한 물꼬를 트는 방식이 되기도 했다.

이문세의 「가로수 그늘 아래 서면」을 들으면 계절과 상관없이 라일락 꽃향기를 맡을 수 있는 것 같고, 왠지 모를 허전함을 느끼게 되었던 내 감정을 표현하면 제니는 자신이 느꼈던 감정을 이야기하며 같은 노래 다른 느낌을 가지고 대화를 했다. 엄마와 아이가 함께 공유할

수 있는 매체가 있다는 것은 서로를 이해하기 좋은 가치 있는 방법이
라 여긴다.

제니의
공부 비법

내가 지켜본 제니의 공부방법의 특징 중 하나를 소개해 보려고 한다.

제니는 언어만큼이나 음악적 지능도 발달 되어있는 것 같다. 영어에 한창 관심을 보이고 공부하던 초등학생부터 쉬운 팝송을 시작으로 유행하는 팝송을 섭렵했고, 노래를 익히는 속도가 빨랐다. 노래를 따라 부르는 게 신기해서 어느 날 물어봤다. "노래 뜻을 알고 부르니?"

"당연히 알고 부르죠."

그 팝송에 관심을 갖고 부르다 보면 노래에서 전하고자 하는 의미가 궁금하기 때문에 찾아보게 된다고 했다. 팝송을 부른 다름에 또 다르게 하는 것이 미드(미국 드라마)를 자막 없이 보는 것이었다. 여러 번 반복해서 미드를 보고 마찬가지로 주인공들의 대사가 이해되지 않으면 찾아보고 내용 파악을 했다. 드라마의 대사는 실제 사용하는 일상의 대화들이 많기 때문에 현지인들의 표현을 배울 수 있다고 했다.

요즘 청소년들은 일본 애니메이션을 많이 봤기 때문에 쉬운 일본어는 곧잘 따라 하는 경향이 있다. 제니 역시 일본어 히라가나, 가타카나 그리고 일본식 한자를 스스로 먼저 익혔다. 일본 애니메이션, 일본 노래, 영화, 드라마, 애니메이션 등(물론 자막 없이) 팝송이나 미드 볼 때와 같이 그러했다. 영어만큼은 아니지만, 일본어도 대화를 하는 데는 큰 어려움이 없다. 나는 외국어를 자신 있게 해내는 제니가 엄청 부럽다. 지금은 중국 드라마와 중국 음악을 마스터하고 있다.

두 번째 특징을 발견했다. 영어단어(vocabulary)를 외우고 공부할 때였다. 인터넷으로 검색하지 않았고 영영사전으로 단어를 찾았고, 단어를 설명하는 문장들도 모두 영어였다. 그 단어를 설명하는데 한국어로 번역이 되지 못하는 것들이 있기 때문에 그것을 완전히 이해하려면 영영사전으로 찾아봐야 한다고 했다. 그 단어가 포함된 숙어들과 문장들도 함께 읽어보면서 공부했고 거의 다 외우는 것을 지켜봤다.

세 번째 특징은 될 때까지 무한 반복을 했다. 제니의 근성에는 독함이 있다. 잘되지 않는 것이나 그런 상황들로부터 스트레스를 받았다. 애매한 상황으로부터 받는 스트레스를 떨쳐버리기 위해 될 때까지 집요하게 물고 늘어지는 끈기가 있었다. 쉽게 포기해버리고 스스로 안되는 원인을 찾아 위로하는 나와는 다르게 문제해결력 부분에서는 나보다 한 수 위임은 확실하다.

관심 있는 부분은 확실하게 마스터하려고 파고들기도 하고, 자기 스타일로 만들기도 하는 아주 집요함이 있기 때문에 외국에서 공부하고 있는 지금도 사사로운 걱정은 내려놓게 되는 것 같다.

기록으로
남기다

       한밤중에 쓴 연애편지를 아침에 읽어보면 굉장히 유치하고 부끄러워서 보내지 못했던 기억이 누구나 한 번쯤은 있을 것이다. 그럼에도 불구하고 우리가 한밤에 편지를 자주 쓰고 라디오에 사연을 보내는 이유는 무엇일까? 그때의 감정은 온전한 나만의 것이고, 그 순간의 소중한 마음을 남기고 싶었기 때문이 아니었을까? 부끄럽고 유치했던 글이지만, 그 글만큼 그 순간을 기억하게 하는 것은 없을 것이다. 기록은 그래서 중요하다. 나만이 알 수 있는 기억암호인 것이다.

    나이가 들면서 잊어버리지 않기 위해서 나는 여기저기 일정도 기록하고, 해야 할 일들을 적어놓는다. 해가 바뀔 때마다 탁상달력을 받으면 가장 먼저 하는 것이 식구들의 생일을 기록해놓고 중요한 기념일들을 표시해 둔다. 그렇게 하면 머릿속에 한 번 더 새겨져서 정확한 날짜는 기억나지 않아도 시기는 알아차리기 쉬워진다.

    제니는 메모하는 것을 좋아하기도 하지만, 메모했던 흔적들을 꾸미면서 추억하기를 좋아하는 것처럼 보였다. 그날의 있었던 일들을 일기처럼 기록하고, 여행에서 보고 체험한 것들의 흔적들을 간직하고 기록하면서 오래 기억하기를 좋아한다. 눈으로 본 것은 다른 것을 보면서 그 전에 본 것들이 지워지기 쉽지만 새로 본 것에 대한 특징들과 관련해서 기록을 남기면 내 것이 될 수 있다.

공부도 역시 마찬가지이다. 학교 안에 있었을 때에는 나만의 공부법을 발견하도록 기다려 줄 시간이 없었다.

제니는 그랬다.

자기만의 방식을 찾아서 짧은 시간이지만 최고의 효율성 높은 방식으로 하나씩 하나씩 자신의 영역을 넓혀갔고, 자존감은 더욱 높아져 있어서 세상을 대하는 태도가 자신감 있게 변화되었다. 이것은 학교라는 울타리가 줄 수 없는 영역임에 분명했다. 적어도 제니에게는.

길 찾기
놀이

자동차를 운전하면서 낯선 곳을 찾아갈 때면 불안감을 살짝 느낀다. 익숙하지 못함이 주는 두려움이 있다. 하지만 지금은 내비게이션이 너무도 자세하게 안내를 하고 있기 때문에 처음 가는 곳이라도 방황하지 않고 한 번에 목적지까지 잘 갈 수 있다. 내비게이션이 안내해주는 방향을 잘 이해하면 말이다.

내비게이션이 안내하는 방향을 이해하지 못하면 목적지를 지나치거나 좌우를 반대로 가거나 하는 실수를 하게 된다. 그렇기 때문에 어떤 사람들은 출발하기 전 내비게이션에 목적지를 입력하고 시뮬레이션으로 목적지까지의 거리를 확인하고 소요 시간도 계산해보고, 출발 시간을 정하기도 한다.

한 번도 가보지 못한 길에 대한 소심한 두려움은 어디에서 시작되었을까?

유아기의 아이들은 우뇌의 발달이 활발하다. 그래서 유아기의 학습에는 우뇌의 특징을 고려한 심미적, 음악적 요소들이 많다. 또한, 우뇌기의 특징에는 사고력이 발달하고, 특히 공간지각능력이 발달한다. 공간지각능력을 발달시키기 위한 생활의 노력으로는 입체적인 놀잇감들로 활동을 하는 것도 효과적이고, 실제로 길을 함께 걸어보면서 익히는 것도 아주 좋은 놀이가 된다.

　제니가 아장아장 걷기 시작할 때 아마 시작했던 것 같다. 마트에서 장을 볼 때 말로 설명을 하면서 카트에 물건을 담았다. "지금 이 코너에는 음식들이 있어. 우유도 있고, 요구르트도 있고, 코너에는 치즈도 있네." 또, 건너편으로 가서 "이 코너에는 생선들이 있어. 아마 생선비린내가 나기 때문에 구석으로 위치를 정했나 봐." 하고 이렇게 설명을 하면서 장을 봤던 기억이 난다. 차에 태워서 다닐 때도 "지금은 할머니 집에 가고 있어 할머니 집에 가려면 고속도로를 지나서 지하도를 건너고 신호등을 10개 지나야 돼." 그러다 길을 잘못 갔을 때에는 "엄마가 길을 잘못 봤어. 그래서 유턴을 할 거야." 이런 식으로 아주 상세한 설명을 하면서 길을 찾는 방식을 이야기로 이미지를 씌웠다.

아이가 말을 유창하게 하면서는 내가 설명하지 않아도 알아서 척척 이야기하고 기억하면서 위치를 잘 찾아냈다. 나의 설명들이 정답이든 아니든 중요한 것이 아니다. 그런 시간들이 있었기 때문에 사물과 위치를 파악하는 데 도움이 되었다는 사실이 중요하다고 말하고 싶다.

아이에게 공간지각능력을 키워주고 예측할 수 있는 방법을 경험으로 주는 것은 아주 값진 것이라고 생각한다. 시기에 맞는 적절한 경험은 자녀들의 감각을 키워주고 확장해주는 보물 같은 것들이다. 이런 시간들을 과연 학교에서 채워 줄 수 있을까?

좌 우뇌 밸런스 교육

먼저 우뇌의 특징을 보면 우뇌는 단순한 것보다 복잡하고 다양한 지식을 먼저 받아들이고 말을 하지 않아도 발달한다. 태아 시기부터 100% 열려있는 뇌로서 7~8세가 될 때까지 서서히 닫히며 남은 2% 정도로 평생을 살아가게 되는데 잠재뇌, 음악뇌, 회화뇌, 창조뇌, 이미지뇌, 직관뇌와 관련되며, 스펀지를 물에 담그는 것과 같이 무조건 받아들이는 대량 입력되는 뇌이다.

좌뇌는 말을 해야 발달하는 뇌로 태어날 때 100% 닫혀서 태어나며 아이에 따라 열리는 시기가 각각 다르다. 2~3세에 열리기 시작해서 7~8세가 되면 100% 열려서 평생을 좌뇌로 살아가게 된다. (수리뇌, 논리뇌, 발표뇌, 이성뇌, 소량 입력되는 뇌)

간뇌는 0~7세까지 열려있는 뇌로서 초인간적인 인성교육과 관련된 영적인 힘의 능력을 가진 뇌이다. 간뇌의 능력은 의욕상실 시에 다시 에너지를 생성하여 회복할 수 있도록 도와주고, 초인간적인 영감과 같은 능력이 있다. 사람의 감정을 조절하여 선하게 바꾸는 능력이 있고, 미래를 예언·예측하는 통찰력을 가지고 있다.

이상에서 본 우뇌, 좌뇌, 간뇌를 알고 모두를 균형 있게 발달시키도록 하는 밸런스 교육이 중요하다고 호크마 교육에서는 주장한다.

인간의 지적 발달은 70~80%가 3세 이전에, 거의 90%가 6~7세 이전에 완성된다. 뇌 교육은 인격, 정서, 지능, 대인관계, 도덕적 성품 등 모든 면의 기초가 되고 전 생애에 지속적인 영향을 남기게 된다.

　세상의 어떤 컴퓨터도 자기 자신의 프로그램을 만들 수 없기 때문에 뇌의 능력을 따라갈 수 없다. 인간의 뇌만이 과거를 돌아볼 수 있고, 자기 자신의 행위를 관찰해보고 우리의 생각을 글로 표현할 수 있다. 이 세상에서 우리 자신의 위치를 알 수 있기 때문에 세상의 어떠한 창조물보다 더 위대한 능력을 가지고 있다. 그래서 인간을 만물의 영장이라고 부른다.

우뇌의 기능 (0~6, 8세까지만 열림)	좌뇌의 기능 (7~8세부터 열려 죽을 때까지 기능)
① 잠재뇌 영아기에 본 사물, 사람, 모양 등이 아이의 뇌 속에 잠재되어 미래의 인생관, 가치관이 형성된다. ② 음악뇌(리듬) 우뇌는 많은 소리를 듣고 싶어 한다. 잠잘 때는 조용한 클래식 음악. 아침에 일어날 때는 경쾌하고 상쾌한 음악, 자연의 소리 등 자연의 소리를 많이 들려주면 음악뇌가 자극을 받아 열리게 된다. ③ 회화뇌(그림, 공간, 색상) 우뇌는 그림을 보고 싶어 한다. 미술전시회 등 좋은 그림을 감상할 수 있는 활동을 해야 한다. ④ 직관뇌(우뇌 중 가장 중요한 기능) 분위기를 잘 파악하는 역할을 하는 뇌이다. 사회성에 큰 영향을 미친다. 까꿍 놀이가 직관 뇌를 발달시키는 데 좋다. ⑤ 창조뇌(상상) 창조뇌는 놀이를 통해 성장한다. 물놀이, 모래놀이, 비눗방울놀이, 고무줄, 막대, 끈, 붕대, 스카프, 리본 테이프 등 비구조적인 놀잇감을 주어 창조할 수 있도록 하는 것이 좋다.	① 글자뇌(언어 영역) 글자를 인식하고 이해하는 기능 ② 숫자뇌 숫자를 이해하는 기능 ※ 좌뇌가 일찍 열리면 우뇌의 성장이 멈추어진다. 숫자: 비용계산 및 기록하는 데 사용 단어: 말이나 글로 의사소통할 때 사용 논리: 관련된 일을 결정할 때 도움을 준다. 목록: 많은 양의 정보를 정리하고 관리하는 데 도움을 준다. 세부사항: 세부사항을 규정하는 데 도움을 준다.

감성적·공간적·직관적·음악적·창조적· 예술적·시각적·비언어적·동시적 사고 신체의 왼쪽 통제	지적·계산적·분석적·수학적·합리적· 언어적·비판적·논리적·계열적 사고 신체의 오른쪽 통제

* 육아큐레이터 영아발달 박정언(2020)

요리를
배우다

제니가 살고 있는 기숙사에는 직접 요리해서 먹을 수 있도록 되어있다. 각자 자기 나라의 특색 있는 요리들로 공동 주방은 다양함이 넘쳐난다. 떡볶이와 파스타, 마라샹궈와 스테이크, 똠얌꿍 등 음식의 이름만 들어도 다양한 국적이 모여있음을 알 수 있다. 기숙사에서는 저마다 솜씨 자랑을 하듯이 다양한 음식을 준비해서 먹고 나누는 음식박람회가 펼쳐진다. 오늘 제니의 메뉴는 떡볶이다.

제니가 초등학교 저학년 때의 일이다. 할머니께서 저녁을 준비하시는데 열심히 돕고 있었다. 쌀을 깨끗이 씻어서 밥솥에 안쳤다. 맛있는 밥의 생명은 물 조절인데 작은 손을 쌀 위에 내려놓고 할머니께서 알려 주신대로 손등에 물이 살짝 닿도록 졸졸 따라 부었다. 그 작은 손등에 측정한 대로 과연 밥은 성공적이었을까? 완전 대성공이었다. 처음으로 밥을 안치고 하나씩 하나씩 주방에서 할 수 있는 음식을 추가해 나갔다.

불고기를 할 때는 옆에 딱 붙어서 폭풍 질문을 한다.

"고기는 어떤 종류야? 왜 불고기에는 간장을 넣어? 마늘은 얼마만큼 넣어야 하는 거야? 파는 어떻게 썰어? 재료 넣은 순서가 바뀌어도 상관없어?"

우리 아이가 이렇게 수다스럽고 귀찮게 하는지 이 전에는 미처 몰랐던 것 같다. 유난히 음식을 할 때면 여기에 이걸 넣어보면 어때? 저걸 넣어보면 어때? 엄청난 질문과 관심을 보였다.

제니는 엄마의 음식들과 할머니의 음식 그리고 다양한 레시피를 검색해서 시도해보았고, 우리 식구들은 언제나 평가단이 되어주었다. 희한하게도 제니의 음식은 색다르지만 먹을 만했고, 아이가 자라면서 음식 솜씨도 출중해졌다. 지금은 파스타나 스테이크는 레스토랑 못지않게 맛있다고 해야 할 것 같다.

"요리할 시간이 어딨어. 들어가서 공부나 해!" 보통의 가정에서 흔히 들을 수 있는 이야기들이다. 나는 요리를 하든, 청소를 하든 아이가 할 수 있는 것은 경험하도록 하는 게 중요하다고 생각했다. 모든 일에 대해 가치의 기준을 세울 수는 없지만, 쓸데없는 것은 없다고 생각했기 때문이다.

요리에 관심을 갖고 시도하고 가치를 추구한다면 개인적인 성취감은 엄청나게 크다고 여긴다. 실제 유명한 셰프들은 오감으로 맛을 느끼고 다양한 식재료들로 시도하면서 더 새로운 요리를 개발하기 위한 자신만의 노력을 끊임없이 한다. 그런 노력으로 인하여 전 세계를 돌아보거나 타국에서 정착을 하거나 또는 자신만의 메뉴를 개발하기도 한다.

그것이 비단 음식 세계만의 일이 아니다. 흥미로운 일을 발견했을 때에는 시도하고 도전하고 여러 가지의 경우를 예측하고 변화시키면서 더욱 업그레이드된 결과물을 창조해낼 수 있다. 나는 제니의 그런 부분들이 너무 사랑스럽다. "할 수 없어. 나는 못해 자신 없어."라는 표현보다 "힘들겠지만 한 번 해볼게, 할 수 있을 것 같아."라고 말하는 그런 아이이기 때문이다.

도전할 수 있는 기회는 누구에게나 올 수 있지만 실천해서 오롯이 나의 삶으로 만드는 것은 아무나 할 수 없다. 도전하는 것은 노력하는 과정 중심의 가치를 중요하게 여기고 실패를 하더라도 다음에 또 도전할 가능성을 준다. 결과에 중요성을 두지 않는다.

타고난 사람은 노력하는 사람을 이기지 못한다고 흔히 말을 한다. 그만큼 노력의 가치는 소중한 것이다. 제니는 지금도 자신만의 도전과 가치를 창출해내고 있다. 그런 아이에게 늘 응원의 기도로 함께한다.

다양한
국적의 친구를
사귀다

　　제니는 다양한 언어를 한다. 그 다양함은 어디서부터 시작되었을까? 호기심에서 출발한 것 같다. 다른 나라로 여행을 가면 입버릇처럼 나는 말했다.

　"저 사람들이 하는 말이 자연스럽게 들렸으면 좋겠고, 대화도 해보고 싶다."

　나는 머지않아 지금보다 훨씬 간편한 번역기가 나올 거라 기대한다. 하지만 기계가 아니라 나 스스로 다른 나라 사람들의 이야기가 술술 들리면 좋겠다. 나의 이런 답답한 소리가 아이를 자극하게 되었는지 알 수는 없지만, 제니는 여행을 가게 되면 그들의 말과 표정에 관심을 많이 가졌다.

　초등학교 3학년 여름방학에 필리핀으로 3주간 연수를 다녀온 적이 있다. 그때 만났던 선생님의 결혼식에 초대받아서 참석하게 되었다. 그때가 중학교를 검정고시로 졸업한 이후였다. 초대에 응했고 축가로 플루트 연주를 했다. 결혼식 피로연에 참석한 하객들이 한국인임을 알고 모두가 놀라워해서 제니가 참석하게 된 계기를 들려주었고, 이후 함께 즐기는 아주 색다른 경험을 했다. 어릴 때 낯선 외국인들과의

교류였지만 지금까지도 꾸준하게 소식을 전하면서 함께 나이를 들어가고 있다.

영국 대학교에 가기 전에 3개월간 싱가포르에서 지냈다. 싱가포르역시 다양한 국적의 사람들이 모여있는 곳이다. 그곳에서 만난 인도네시아 친구는 제니가 한국으로 돌아오는 날 왕방울만 한 눈물을 뚝뚝 흘리며 슬퍼하고 세상을 잃은 듯한 표정으로 헤어짐을 아쉬워했다. 짧은 시간이었지만 무엇이 그들을 끈끈하게 했을까? 그 속에는 언어가 있었다. 영어를 기본으로 소통하였지만, 서로의 언어에 관심을 갖고 배우려고 애를 쓰는 마음이 읽어졌고 자연스럽게 이해를 하려 했다.

중국 친구들과는 위챗으로 관계를 이어갔고, 중국어를 배우고 한국어를 가르쳐주고 이렇게 세계 여러 나라와 친구가 되었다.

다양한 나라만큼 언어가 존재한다. 그 언어마다 나라의 정서와 문화가 있다. 제니는 친구들의 나라에 관심이 많고, 그들을 이해하려고 언어를 조금씩 배워갔다. 언어적 재능이 남다르다고 할 수 있겠지만 지독한 노력이 없었다면 소통은 불통이 되고 이해는 오해가 되었을 것이다.

언어뿐만이 아니다. 사람은 누구나 자신의 재능을 갖고 태어난다. 타고난 재능을 자신만의 장점으로 만들기 위해서는 노력은 항상 동반되어야 한다. 모든 재능은 노력의 시간만큼 발달되고 발달된 만큼 결실을 맺게 된다.

감동
이벤트의
설계자

   작년 어버이날 꽃바구니가 배달이 왔었다. 빨간 카네이션이
빼곡하게 꽂힌 선물이었다. 어버이날에 아이는 싱가포르에 있었다. 아
무 생각 없던 나는 그 꽃바구니에서 눈을 뗄 수 없었고, 그 감동은 아
마도 로또 당첨과 맞먹는 수준이었을 것이다.

 해마다 어버이날이면 수제 케이크를 만들거나 꽃다발을 주문해서
할머니, 이모까지 챙기는 아이였다. 그해는 옆에 없었기 때문에 영상
통화가 되는 것만으로도 나는 만족했는데, 이런 깜짝 이벤트에 아이
의 섬세한 마음을 다시 한 번 알게 되었다. 이런 이벤트를 떠올리다
보니 나의 기억은 제니의 7살로 되돌아간다.

 한글을 제법 예쁘게 쓰기 시작할 때부터 편지를 많이 받았다. "엄
마, 사랑해요. 행복해요. 아프지 마세요."이런 쪽지편지들을 늘 주곤
했다. 초등학생이 되어서는 친구들 생일에도 선물을 준비해도 꽤 오
랫동안 용돈을 모았다. 친구가 필요한 것, 좋아하는 것을 체크해서 편
지와 함께 작은 선물들을 박스로 만들어서 전해주기도 했다. 내가 친
구라면 진짜 좋겠다고 말하기도 할 만큼의 세심함이 보는 사람들을
감동하게 만들었다.

가족들의 생일날이면 꽤 오래 용돈을 모아서 정성으로 선물하였
다. 할머니의 생신이면 늘 예쁜 블라우스를 고르고 코디도 해주고 기
쁜 하루를 보내시라고 이것저것 챙겼다. 이모의 생일은 할머니와 5일
밖에 차이 나지 않아서 할머니만큼은 아니더라도 늘 엄마 챙기듯이
잊지 않고 선물을 했다. 아이라서 전혀 기대도 하지 않았지만 가족을
사랑하는 마음 하나만큼은 참 따뜻한 아이다.

한국 사람은
수학을 잘해

호주 '퍼스'로 여행을 다녀온 적이 있다. 퍼스 내에 있는 여러 곳으로 이동을 할 때 구간마다 버스노선이 너무 잘 돼있어서 최대한 무료버스를 이용하고 여기저기를 많이 돌아다녔다.

한번은 유료로 버스를 타고 이동할 때였다. 잔돈이 없어서 함께 간 조카와 제니의 비용을 함께 건넸다. 그러자 버스 기사님이 화를 내면서 출발을 하지 않으셨다. 계산기가 없어서 거스름돈을 내어줄 수가 없다고 하셨다. 순간 '어, 뭐지? 20달러를 냈고, 세 명분을 계산하면 13.58달러를 돌려주면 되는데…(1인 요금이 2.14달러였고, 잔돈이 없었던 상황)' 당황스러웠다. 버스를 멈추고 한참을 손으로 계산하시더니 잔돈을 내어주시고 다시 출발하기 시작했다. 그다음부터는 유료버스를 탈 때 비용에 꼭 맞게 잔돈으로 지불했다.

미국에 유학을 간 지인의 아이에게는 별명이 하나 붙었다. 한국에서는 누구나 쉽게 하는 계산을 미국에서 암산으로 답을 말하는 경우가 종종 생기면서 아이에게 붙은 별명이 수학천재라고 했다.

제니는 수학을 좋아하고 어려운 문제를 해결했을 때 성취감이 대단하다. 시험을 칠 때 종종 쉬운 문제를 틀리기도 했다. 분명 '이렇게 쉽

지는 않을 거야.' 하고 한 번 더 꼬아서 생각하는 경향이 있었기 때문
이다. 외국 친구들은 제니에게 많이 묻는다.

"어떻게 수학을 그렇게 잘할 수가 있어?"

"한국 사람들은 수학을 다 잘하는 것 같아."

외국인들은 왜 우리나라 사람들이 수학을 잘한다고 생각을 할까?
우리나라의 수학교육 방식에서 그 답을 찾을 수 있다. 초등학교 입학
전에 이미 1~100까지 순서를 알고 더하기, 빼기를 하고, 심지어 구구
단까지 익히기도 한다. 단순한 사칙연산은 단연 최고다. 이런 계산은
오래된 훈련이라고 할 수 있다. 깊이 고민을 하지 않아도 바로 답을
찾을 수 있는 문제들은 머릿속에서 자동으로 계산이 되는 것 같다.

세계인이 인정하는 수학적 재능을 단순계산만이 아니라 좀 더 복잡
한 수학적 사고 부분에 능력 인정을 받길 희망해본다.

수학만큼이나 인정받는 것이 있다면 컴퓨터 사용 능력이라고 하겠
다. 그중에서도 타자 실력은 최고일 듯하다. 나는 완벽한 타자 실력을
흉내 내는 우수한 독수리이다. 그럼에도 불구하고 속도가 그럭저럭
빠르다. 인터넷 속도만큼이나 우리나라 사람들 대부분은 컴퓨터 사용
을 할 수 있고 타자 실력 빠르다. 제니가 하루는 "엄마는 컴퓨터 엄청
잘하고 타자도 엄청 빠르다."라고 했다. 놀리는 것 같았는데 외국인 친
구들이 컴퓨터 사용하는 걸 보면 엄청 느리고 젊은 학생들도 독수리
들이 엄청 많다고 했다.

제니는 영어 자판을 익히기 위해서 처음 랩톱을 사용할 때부터 영
어 자판으로 된 랩톱을 구매했다. 지금도 마찬가지다. 한글 자판은 이

미 익혔기 때문에 영어 자판만 있어도 한글 사용에는 문제가 없었다. 얼마나 많이 영어 자판으로 한글을 적었을까? 영어 자판에 익숙해지기 위해 얼마나 많이 노력했을까? 노력의 시간만큼 실력은 쌓이고 주변으로부터 평가받게 되는 것 같다.

수학이든, 컴퓨터 실력이든 각자의 노력들이 빛을 발해서 4차 산업혁명시대에 걸맞은 우수한 인재들이 많이 배출되면 좋겠다.

모든
취미는
전공자처럼

　　제니는 이종사촌 오빠랑 초등학교 4학년 때 집 가까운 곳에 있는 체육관을 다녔다. 그 체육관은 'MMA'를 운동하는 곳이다.

　　어린 여자아이가 거친 운동을 하겠다고 오빠랑 같이 가니까 관장님께서 어이가 없으셨는지 MMA 운동보다 복싱을 지도하셨다. 집에 와서는 나에게 복싱의 자세를 알려주었다. '쨉'을 날리는 발 자세도 제법 갖추고 재밌어했다. 하루도 빠지지 않고 운동을 하러 가니까 관장님께서 드디어 기술들을 가르쳐 주시기로 했다.

　　여러 가지 기술을 익혀오면 나는 상대 선수가 되어야만 했다. 제법 자세를 갖추고 운동을 하는 아이에게 관장님께서 어느 날 계속 운동해보면 어떻겠냐고 물으셨다. 초등학생치고는 재능이 있어 보인다고 하시면서 전공으로 운동을 해보길 권유하셨다. 내가 보기에는 운동과는 거리가 멀어 보였는데 관장님 눈에는 꽤 열심히 따라 하는 운동 유망주였나 보다. 체육관이 장소를 이전하면서 그만두게 되었지만, 가끔 MMA 운동하러 다닌 기억을 더듬어 자세를 잡을 때가 있다.

　　제니의 집중력은 내가 본 누구보다 최고라고 생각한다.

플루트를 배울 때였다.

책으로 먼저 운주법을 연습하고 선생님께 레슨을 받았다. 먼저 운주법을 익히고 플루트를 접하는 아이들이 거의 없다고 하셨다. 자세가 훌륭하다고 칭찬도 해주셨다. 플루트를 한 달 정도 배우면서 호흡이 길어지고 소리도 깔끔하게 나왔다. 두 달 정도 될 때 월등히 나아진 연주 실력에 선생님께서 대학에 음악 전공으로 갈 거냐고 물으셨다. 제니는 나만의 취미 갖기를 원했고, 그래서 새로운 플루트 악기에 흥미를 느끼고 열심히 했다. 선생님으로부터 전공할 거냐는 말을 들을 만큼 적극적으로 임했다.

취미 생활을 갖고 있다는 것은 삶의 질을 높일 수 있는 중요한 요소임에는 분명하다. 전공자만큼의 실력을 갖추고 있으면서 취미가 된다면 이것이야말로 자신만의 큰 장점이 된다. 취미가 자신감을 자존감으로 세워주고 사람과 사람의 관계를 더욱 돈독하게 한다면 그것은 그 사람 자체를 의미하게 되는 것이다.

취미생활이 필요한 이유

취미란?

즐거움을 얻기 위해 좋아하는 일을 지속해서 하는 것, 현대적 의미의 여가 선용 활동.

자기소개서란에 흔히 볼 수 있는 것이 취미와 특기입니다. 취미는 있지만 잘하지는 않아서 쉽게 적지 못하는 경우도 있고, 무난한 영화 감상이나 음악 듣기로 대충 쓰는 경우도 있습니다.

현대 사회를 살아가면서 각 분야에 경쟁이 치열해지다 보면 직장 내 또는 학업 중에, 취업 준비 중에 스트레스가 엄청나게 쌓이게 됩니다. 이를 해소하지 않고 계속 쌓아두다 보면 흔히 멘탈이 약해지고 자신감이 떨어지는 경우가 발생하게 됩니다. 그런저런 이유들을 해소하고 새로운 활력을 불어넣기 위해서 좋아하는 것을 실천해 보는 것이 아주 좋을 것 같습니다.

잘하는 것은 직업으로, 좋아하는 것은 취미로 생활의 조화를 이루고 삶의 질을 높이고 건강한 사회생활을 할 수 있도록 설계하는 것이 필요합니다.

시험
울렁증을
극복하다

　　미국 대학을 준비하면서 제니는 혼자서 여러 가지 시험을 쳤다. 나에게는 이름도 생소한 ACT, AP 여러 과목들, TOEFL 시험을 다 응시했다. 하나의 시험을 준비해도 엄청난 시간이 소요되고 집중해야 하는데 한 번에 여러 가지를 공부하면서 제니는 스트레스를 어마어마하게 받았다. 그 스트레스는 다른 누군가가 해결해 줄 수 있거나 도와줄 수 있는 부분이 아니었다. 고스란히 혼자 감당해야 할 부분이었다.

혼자 감당하면서 뇌 기능이 방전된 것처럼 신체적으로도 스트레스가 나타나기 시작했었다. 얼굴은 통통 붓고 소화 기능도 떨어지고, 여성호르몬에 불균형이 생기고 복합적인 원인으로 살이 찌기 시작했다. 신체적인 변화 때문에 2차 스트레스를 받고 정신적으로 아이는 점점 야위어 갔다.

검정고시로 고등학교를 졸업한 아이에게 미국의 대학교는 문턱이 높았고, 아이비리그의 학비는 문턱보다 훨씬 높았다. 대학 진학을 미국에서 영국으로 전향하면서 다시 IETLS 시험을 준비해야 했다. 이전의 어마어마했던 시험 준비의 경험이 아이에게는 두려움으로 다가왔다. 시험에 앞서면 긴장감으로 손에 땀이 나고 심장 뛰는 속도가 빨라지면서 집중하지 못하고 돌아서기도 했다. 당장 시험을 치고 결과를 얻기보다 스스로 자신을 다스리고 이겨낼 수 있는 시간이 필요했다.

제니는 스스로에게 시간적으로 여유를 주면서 서서히 이를 극복해 갔다. 1년쯤 지나고 나서 드디어 IETLS 시험에 응시할 수 있었고, 걱정과 다르게 단번에 목표점을 얻을 수 있었다. 스스로 이겨내는 아이가 대견하고, 자신에 대해 누구보다 잘 파악하고 있었다는 것을 보면서 이런 아이이기 때문에 학교 밖에서도 꿈을 향해 나아갈 수 있었다고 생각해 본다.

주변에서는 흔히들 그랬다.

"백세시대에 빨리 가서 뭐할 거야?"

"쉬운 길을 찾아서 17살에 대학을 보내는 거야?" 라고도 했다.

절대 제니는 쉬운 길을 가지 않았다. 일반적인 학교 과정을 마치고 대학에 진학한 아이들보다 훨씬 더 힘들고 어려웠다. 한글로 적힌 입시 공부를 하는 것도 힘들고 시간이 오래 걸리는데 유학 경험 한 번 없던 제니는 온통 영어로, 그것도 혼자서 공부하고 도전했다.

빨리 대학을 가면 사회성에 문제가 생길 거라고 말하는 주변 사람들에게 말해주고 싶다. 목표 없이 빠른 길이면 방황할 수 있지만, 설계가 분명하다면 말이 다르다. 제니는 남들보다 3년이란 시간이 생겼고 흥미로운 것을 실컷 배우고자 하는 설계가 있었기 때문에 더욱 풍성한 삶이 되었다고 말하고 싶다.

먼저 살아본 어른들이라고 해서 그 경험이 다 옳다고 말할 수는 없다.

나는 제니의 생각을 존중한다.

자녀들이 미래를 계획하고 준비할 수 있도록 기회를 충분히 줘야 한다. 준비된 계획을 함께 고민하고 잘 실천할 수 있도록 방법을 찾고 격려해야 한다. 어른들의 방식을 아이들에게 주입시켜 방향을 제시하지 말아야 한다. 넘어져도 스스로 일어나는 법을 찾아야 한다. 도움을 요청할 때 손을 내밀어 주어야 자녀들의 회복력은 향상되고 자존감은 높아진다.

나는 스스로 넘어지고 회복하는 제니를 지켜봤다. 정신력과 회복력은 더욱 단단해졌고, 크기 또한 커져서 어느 나라에 보내도 걱정이 되지 않는다. 자녀들의 성장을 원한다면 스스로 할 수 있는 기회를 주자. 그 안에서 책임감도 함께 성장한다.

스스로 공부할 것

vs

전문적으로 배워야 할 것

　　누구에게나 경험이 있듯이 자동차 운전만큼은 전문 학원에서 배우는 것이 효과적이다. 자동차는 1대 이상 소유하는 가정이 많이 늘어났다. 가정마다 운전이 가능한 사람이 꼭 있다는 것이다. 자녀들이나 혹은 부부 사이에 운전면허를 따기 위해 연습할 때는 평소 조용하던 가족들이 화를 내거나 목소리가 높아지거나 하면서 싸움이 되기도 한다. 왜 그럴까? 소중한 가족들의 안전이 문제가 되기 때문에 걱정스러움이 앞서기 때문이다.

　　갓 스무 살을 넘긴 조카가 운전면허를 취득하고 드라이브를 시켜주겠다고 했다. 두렵고 떨리는 마음으로 차에 올랐다. 너무 불안하고 코너를 돌 때마다 손에 땀을 쥐게 했다. 나도 모르게 소리를 지르고 "야, 인마! 코너에서는 속도를 줄여야지!"라고 했다. 운전을 하는 조카는 핸들이 휘어질 만큼 힘을 꽉 주고 있고, 시선을 오로지 앞만 쳐다보고 있었다. 나의 목소리가 들리지 않는지 목적지까지 긴장한 채로 달리기만 했다. 차에서 내리는 순간 온몸이 뻐근하고 너무 힘들었던 기억이 있다. 익숙해지기 전에는 다시는 타지 않을 거란 다짐도 맘속으로 했다.

　　잠시 탔던 나도 너무 힘들었는데 운전을 가르쳤다면 아마도 절교했을지도 모르겠다. 이제 곧 운전면허에 도전하는 딸에게는 함부로 "엄마 아빠가 지도해줄게."라는 말 절대로 하지 않기로 했다. 그래서 운전면허 학원에 등록하라고 권했다.

운전면허처럼 전문가의 도움이 필요한 경우는 너무나 많다. 반면 스스로 깨우치면서 배움이 되는 경우 또한 많다. 그것을 판단하는 것이 가장 중요하다고 생각한다. 혼자 노력해도 결과가 좋지 않다면 전문가를 찾아서 도움을 요청하거나 조언을 구해야 한다.

한국의 가정에서는 대부분 호통치면서 걱정되어서 그렇다고 하고, 미국의 가정에서는 여러 위험의 가정을 설명해서 위험에 대비하는 방법을 알려준다고 한다. 어떤 방식이 옳다고 할 수는 없지만, 중요한 것은 호통이나 기다림보다 때로는 전문적이 지식과 기술이 필요할 때가 있음을 우리는 알아야 한다.

  많은 공시생이 스스로 몇 년간의 시간을 투자해서 시험을 준비한다. 스스로 공부하면서 다진 경험이 있다면 결과를 많이 갖고 있는 학원이나 먼저 공무원이 된 사람들로부터 조언을 구하고 시시때때로 변화되는 시험에 대비를 하는 것이 가성비 또는 효율성 부분이 좋을 것이다. 난관이 닥쳤을 경우는 더욱 그러하다. 어려움이 맞닥뜨렸을 때에는 심리적으로 불안하고 우울해지면서 판단력이 흐려지게 되고, '왜 어려움은 나만…?' 하는 생각에 사로잡히게 된다. 특히 청소년 시기에는 아이들이 스스로 해결하려다가 그 골든타임을 놓치는 수도 있기 때문이다. 그렇기 때문에 가족들과의 신뢰성은 굉장히 중요한 부분이다. 혼자서 해결할 수 있는 것과 전문가의 도움을 받아야 하는 부분들에 대해 구분을 할 수 있는 경험이 중요하다.

공부
스타일

　　엄마들은 "공부를 시간 싸움이다. 엉덩이를 의자에 붙이고 앉아있는 시간에 비례한다."라고들 한다.

　나의 학창 시절을 돌이켜보면 꼭 그렇지만은 않았던 것 같다. 늘 상위권에 있던 몇몇의 친구들은 그렇게 공부하는 것 같지도 않았는데 성적이 늘 좋았다. 또 어떤 친구는 진짜 열심히 공부하는데 실제 성적은 기대보다 좋지 않았던 경우도 있었다. 두 부류의 친구들을 보면서 늘 궁금했었다. 늘 노는 것처럼 보였던 아이는 성적이 기대 이상이고, 늘 공부하던 아이는 기대에 못 미치고 이유가 뭘까?

　내 아이를 지켜보면서 어느 정도 해답을 찾은 것 같다. 제니는 집에서 시험 공부를 하기 위해서 오랜 시간을 투자하지 않았다. 그래서 가끔 시험 기간인 것을 나는 모르고 넘어가기도 했었다. 만점은 아니지만 큰 실수 없이 성적은 수준만큼 나왔다. 제니의 지난 선생님들의 말씀이 생각났다. 수업시간에 집중하는 태도는 최고였다고 하셨던 말씀이 그 해답인 것 같다. 수업 시간에 초집중을 해서 참여하기 때문에 그 시간의 수업 내용은 그대로 습득이 되는 것이다. 이후에는 복습을 통해서 본인 것으로 만들어갔다. 그렇기 때문에 긴 시간을 공부에 투자하지는 않았다. 그렇게 생긴 시간은 자기가 하고 싶은 취미

활동들을 할 수 있었다.

　공부는 각자의 스타일이 있는 것 같다.

　오래 앉아있어서 공부가 되는 아이

　짧은 시간에 공부가 되는 아이

　모두를 같은 범주에 두고 강요해서는 안 된다.

　이런 자신만의 공부 스타일을 찾아내기 위해서는 여러 가지로 노력해서 결과를 얻어야 한다.

　제니의 책상에 관해서 이야기를 이어가려 한다. 제니는 참 다양한 책상들로 바꿔가면서 공부를 했다. 5, 6살쯤에는 키에 맞는 낮은 책상부터 시작해서 초등학교에 입학해서는 컴퓨터와 함께 사용할 수 있는 책상으로, 초등학생에서 중학생이 되면서는 독서실 책상으로 바꿨다. 이후에는 책꽂이가 많은 책장형의 책상으로 바꿨다. 그냥 써도 될 것 같았지만 제니는 자라는 시기마다 새로운 책상을 요구했었다. 왜 책상을 계속 바꿔 달라고 하는지 이유를 물어보자 "학년이 올라갈수록 책도 다양해지고 여러 가지 필요한 것들이 있어서 그 전에 책상에는 다 정리를 할 수 없고, 책상이 달라지면 자세도 달라져서 필요해." 라고 했다.

다시 말하자면 아이에게는 학습에 필요한 환경이 중요하다는 것이다. 최상의 효과를 얻기 위한 자신만의 스타일을 찾아서 환경을 조성하고 개선할 수 있다는 것은 가까운 미래가 밝음을 시사한다고 할 수 있다. 별것 아닌 것 같은 하나가 아이들의 인생을 얼마든지 변화시킬 수 있다. 그 별것 아닌 것에 반응하고 피드백해주는 부모의 노력이 절실히 필요하다.

맹모삼천지교(孟母三遷之敎)

　맹자의 어머니가 자식을 위해 세 번 이사했다는 뜻으로, 인간의 성장에 있어서 그 환경이 중요함을 가리키는 말.

　전한(前漢) 말의 학자 유향(劉向)이 지은 『열녀전(列女傳)』에서 비롯된 말이다. 맹자(孟子)는 이름이 가(軻)로, 공자가 태어난 곡부(曲阜)에서 멀지 않은 산둥성 추현(鄒縣) 출신이다. 어려서 아버지가 돌아가셨으므로 어머니 손에서 교육을 받고 자랐다. 그의 어머니는 현명한 사람으로 아들 교육에 남달리 관심이 많아 단기지교(斷機之敎)의 일화를 남긴 분이다.

　맹자가 어머니와 처음 살았던 곳은 공동묘지 근처였다. 놀 만한 벗이 없던 맹자는 늘 보던 것을 따라 곡(哭)을 하는 등 장사 지내는 놀이를 하며 놀았다. 이 광경을 목격한 맹자의 어머니는 안 되겠다 싶어서 이사를 했는데, 하필 시장 근처였다. 그랬더니 이번에는 맹자가, 시장에서 물건을 사고파는 장사꾼들의 흉내를 내면서 노는 것이었다. 맹자의 어머니는 이곳도 아이와 함께 살 곳이 아니구나 하여 이번에는 글방 근처로 이사를 하였다. 그랬더니 맹자가 제사 때 쓰는 기구를 늘어놓고 절하는 법이며, 나아가고 물러나는 법 등 예법에 관한 놀이를 하는 것이었다. 맹자 어머니는 이곳이야말로 아들과 함께 살 만한 곳이구나 하고 마침내 그곳에 머물러 살았다고 한다. 이러한 어머니의 노력으로 맹자는 유가(儒家)의 뛰어난 학자가 되어 아성(亞聖)이라고 불리게 되었으며, 맹자 어머니는 고금에 현모양처(賢母良妻)의 으뜸으로 꼽히게 되었다.

이 이야기는 자녀 교육에 있어서 환경이 미치는 영향이 얼마나 큰 것인가를 말해주는 것이며, 또한 어린이들이 얼마나 순진무구한가를 암시하는 것이기도 하다.

* 두산백과, 맹모삼천지교(孟母三遷之敎)

유아기 환경의 중요성

　사회성 발달에 영향을 미치는 요소로는 가족, 또래, 대중매체 등과 같이 그 개인을 둘러싸고 있는 환경, 즉 문화나 나라와 같은 거시 환경이 있다.

　유아의 사회화 과정에 가장 큰 영향을 미치는 환경적 요소 중 부모의 양육 태도는 아이의 사회화 과정에 가장 큰 영향을 미친다. 온화하고 책임감이 있으며, 자녀에 대해 많은 관심을 갖는 온정적인 부모는 자녀들에게 친사회적 행동을 연습할 기회를 제공해주는 반면(Becker, 1964), 유아가 바람직하지 않은 행동을 했을 때 신체적 체벌을 가하거나 위협적으로 소리 지르는 부모는 자녀에게 더욱 심한 적개심을 유발시키고 표출시키는 방법을 보여주게 된다. 이처럼 부모가 따뜻하고 수용적이며 일관적인 태도를 보인다면 아이는 부모뿐 아니라 다른 사람에 대해서도 신뢰감을 얻기 쉽다.

　또한, 부모들은 출생 직후부터 남아와 여아에게 서로 다른 기대를 부여하고 그에 맞는 상호작용을 한다. 이러한 부모들의 태도로 인해 유아는 전통적인 성 역할 고정관념을 갖게 되기도 한다. 유아는 성별에 따라 가정 또는 사회에서 다르게 사회화되고 행동하기 때문에 그 발달적 결과에 따라 사회성 발달에도 차이가 있을 것으로 예측된다.

　더불어 아이가 어떠한 가정환경에서 자라났는지도 중요하다. 수

용적인 분위기의 가정환경에서는 활동적이고 능동적인 성격으로 자랄 확률이 높고, 무엇이든지 거부하는 분위기에서는 공격적이며 타인과 잘 어울리지 못하는 성격으로 자라나기 쉽다. 또래와의 관계는 2차적인 관계이다. 부모와의 1차적인 관계를 친밀하고 안정되게 맺으면 2차적인 또래와의 관계도 자연스럽게 잘 맺을 수 있다. 반대로 부모와의 관계에서 위축되어 있거나 불안정하거나 욕구가 충족되지 않았다면 친구와의 관계에서도 어려움을 겪게 될 수도 있다.

대중매체는 사회적 행동을 조장할 뿐만 아니라 성 역할을 강조하기도 한다. 유아들은 TV 등장인물의 역할, 직업 또는 성격을 이상적이라 여기고 이에 따른 성 역할 고정관념을 갖거나 동일시하기도 한다.

이처럼 유아는 성장하면서 부모, 가족, 친구, 이웃 등과 같이 점차 거시적인 사회와의 관계를 통해 자신의 가치관을 형성해간다. 개개인의 성격과 다른 사람을 대하는 예의와 사회적 기술과 개인적인 측면뿐 아니라 각자 성에 따른 행동이나 태도와 같은 성 역할, 옳고 그름을 판단하고 행동으로 옮기는 도덕성, 그리고 친구와의 나누기나 협동, 도움 주기와 같은 친사회적인 행동도 배우게 된다.

* 『유아발달』 김정희, 김현주, 손은경, 송연숙(2017)

제니는
다중이

아이들은 대부분 집에서의 모습과 밖에서의 모습에서 차이가 있을 것이다. 제니를 보면서 그 이유를 찾는다면 밖에서 칭찬받으면서 완벽한 모습을 보여주고 싶었다고 할까? 그랬다. 집에서는 그냥 여느 집의 아이들처럼 반찬 투정도 하고 TV에 빠져있기도 하고 좋아하는 연예인을 쫓아다니기도 하고 조잘조잘거리면서 지냈다. 잘하는 모습보다 늘어진 모습을 많이 보고 수다스럽게 지내는 게 일상이었다. 나 역시 직장이나 단체에서는 내 역할에 맞는 행동이 겸비되어야 하기 때문에 자동으로 변신을 하게 된다. 아이들도 아마 변신 기능이 자동으로 장착되어 있는 것 같다. 의도치 않아도 사회성이 발달하면서 속한 사회에서 자신의 역할에 맞도록 맞추어 가는 것이라고 하겠다.

혈액형으로 성격을 분석하는 나라가 일본, 독일, 한국뿐이라고 한다. 과학적이지 않다고 하더라도 나는 어느 정도 신빙성이 있다고 생각한다. 제니는 완전 A++이다. 느껴지듯이 소심의 끝판왕이었다. 인사하라고 하면 엄마 뒤에 숨고, 좀 더 강요하면 무안할 정도 울어버리기 일쑤였다. 아는 것이 있어도 먼저 손들고 대답도 못 하고 혼자 중얼거리고는 집에 와서 아쉬움에 울어버리고 완전 골칫덩어리였다.

초등학생이 되면서 우연한 기회에 부반장을 맡게 되었다. 이후 반장도 여러 번 맡았다. 책임감이 장착이 되면서 자연스럽게 앞서서 설득하거나 반에서 전체가 함께해야 하는 활동들에 앞장서기 시작했다. 밖에서의 제니는 점점 커지고 인격이 형성되어가면서 어떤 무리에 있는지에 따라서 다르게 행동하는 부분이 보였다. 상황에 맞게 자기를 컨트롤하기 시작하면서 내적인 스트레스도 함께 쌓여가는 듯했다.

  제니 친구 엄마들은 가끔 내게 하는 말이 "이런 딸 키우면 진짜 좋겠어요. 알아서 저렇게 잘하는데 제니 엄마가 부러워요. 우리 딸도 제니처럼 살갑고 공부도 잘하고 성격도 좋으며 소원이 없겠어요."였다. 속으로 '왜, 어떤 부분을 말하는 거지?' 하고 의아할 때도 잦았다. 내가 보는 모습은 늘 짜증 부리거나 중얼거리거나 혼자 방에서 뭔가를 하고 있었던 모습이었는데 밖에서는 완전 다른 사람이구나 하고 생각

했다. 집에서의 제니는 혼자만의 시간을 가지고 어떨 때는 조잘조잘 거리기도 하고 스트레스를 풀기 위해서 피아노를 4시간씩 치기도 하고 참 다양한 모습들을 볼 수 있었다. 그렇게 그렇게 성장하고 꿈을 꾸고 어른이 되어가고 있었다. 학교의 시간표대로 따라가기 바쁜 일상을 보냈다면 아이의 변화하는 모습이나 스스로 성장하고 변화하는 하나하나의 모습을 발견하고 인식하지 못했을 것 같다.

이렇게 아이는 학교 밖에서 건강한 인격으로 성장하고 있었다. 어쩌면 엄마는 내 아이의 다양한 모습을 인정하고 바라보기보다 내가 알고 있는 하나의 모습을 다인 냥 평가하고 내 자식은 내가 제일 잘 안다는 굴레를 씌워서 다른 모습을 인정하지 않는지도 모른다. 아이가 성장하는 만큼 부모도 함께 성장하고, 서로를 알아가는 훈련은 항상 반복되어야 한다. 부모는 그래야 한다.

❋
늘
성공적이면
불행하기 쉽다

제니가 피아노 대회에 참가했을 때였다. 누가 봐도 제니의 실력이 우수해 보였다. 제니도, 가족도 모두 기대를 하고 있었다. 순위가 발표되는 순간 모두가 얼음이 되었다. 대회에서 처음 본 옆자리 분들도 수상 전에 모두 축하를 하고 있었기 때문에 나도 덩달아 당연하게 기대하고 있었던 순간이었다.

제니의 이름이 불리는 건 특상을 시상할 때였다. 기대가 크면 실망도 크다고 했었다. 그때가 딱 그 순간이었다. 아이도 당황하고 가족들도 모두 당황해서 어떻게 표현을 해야 할지 어리둥절해하고 있었다. 얼른 상황 판단하고 대처가 필요했다. 나는 애써 달래기 시작했다. "처음으로 대회에 나가서 이 정도로 상을 받는 건 대단한 거야. 다음 대회에서 차례대로 올라가면 되는 거야." 이런 말로 대충 얼버무렸다. 이런 분위기를 알아서일까? 평소의 제니 같으면 한바탕 울었을 건데 "완전 괜찮아. 이거 별거 아니야. 다음에 다시 하면 되지 뭐."이렇게 대답했다. 오히려 그런 대답에 아이가 마음속에 상처 하나가 생겼다는 걸 직감할 수 있었다.

이후로 피아노 대회는 나간 적이 없다. 기회가 있어도 다른 핑계를 대고 시도를 하지 않으려 했다. 어려서부터 주변에서 듣던 "너는 잘하니까."라는 말들이 아이에게는 노력 없이도 다 되는 것처럼 기대감을 주지는 않았나, 또 자기가 늘 이기거나 일 등을 해야 한다는 인식을 심어주었나 하는 생각을 하게 되었다. 이런 개념들이 형성될 즈음에 피아노 대회는 아주 값진 경험이었다. 기대가 큰 만큼 좌절을 느끼기에 대단한 기회였기 때문이다.

늘 성공만 이룬다면 노력의 대가의 가치를 알기 어렵고 좌절의 순간이 올 때 회복력이 떨어진다. 중고등학생들이 성적 비관으로 극단적인 선택을 했을 때를 살펴보면 꼴찌는 없다. 늘 상위권의 학생들이 극단적인 선택을 했다. 그들은 좌절을 경험할 회복탄성력이 부족했기 때문이다. 또 그들을 부추긴 주변 사람들이 학생들의 마음을 성장시키지 못한 결과라고 할 수 있을 것 같다.

스스로 노력하고 목표를 달성하고 기쁨을 느낄 수 있게 하도록 해야 한다. 그러기 위해서는 넘어지는 연습이 필요하다. 내 아이가 어떤 상황이든 잘 이해하고 받아들이고 극복하면서 성장하기를 바란다면 잘 넘어지고 잘 일어날 수 있는 시간이 필요하다.

비록 두 번째 피아노 대회는 참여하지 못했지만, 자신의 다른 모습을 찾아 노력하면서 한 계단식 올라가는 노력을 하는 제니는 지금 행복해한다.

행복이야말로 진정한 성공이라고 할 수 있다.

회복탄력성이란

회복탄력성은 영어 "resilience"의 번역어다. 심리학, 정신의학, 간호학, 교육학, 유아교육, 사회학, 커뮤니케이션학, 경제학 등 다양한 분야에서 연구되는 개념이며, 극복력, 탄성, 탄력성, 회복력 등으로 번역되기도 한다.

회복탄력성은 크고 작은 다양한 역경과 시련과 실패에 대한 인식을 도약의 발판으로 삼아 더 높이 뛰어오르는 마음의 근력을 의미한다고 할 수 있다. 물체마다 탄성이 다르듯이 사람에 따라 탄성이 다르다. 역경으로 인해 밑바닥까지 떨어졌다가도 강한 회복탄력성으로 다시 뛰어 오르는 사람들은 대부분의 경우 원래 있었던 위치보다 더 높은 곳까지 올라갈 수 있다. 지속적인 발전을 이루거나 커다란 성취를 이뤄낸 개인이나 조직은 대부분의 경우에서 실패나 역경을 딛고 일어섰다는 점이 공통점이다. 어떤 불행한 사건이나 역경에 대해 어떠한 의미를 어떻게 부여하고 인식하느냐에 따라 불행하거나 행복해지는 기로에 서게 된다고 생각해 볼 수도 있으며, 세상일을 긍정적 방식으로 받아들이는 습관을 구축함으로서 부정적으로 상황을 인식하여 과소비되는 감정적 에너지를 문제 해결을 위한 집중에 보다 유용하게 사용할 수 있다는 점에서 회복탄력성은 놀랍게 향상된다. 회복탄력성이란 인생의 바닥에서 바닥을 치고 올라올 수 있는 힘, 밑바닥까지 떨어져도 꿋꿋하게 다시 튀어 오르는 비인지 능력 혹은 마음의 근력을 의미한다.

회복탄력성은 스트레스나 역경에 대처하는 힘뿐만 아니라 자신의 에너지를 비축하여 주도적으로 자신의 삶을 살아갈 수 있는 능력을 말한다. 회복탄력성이 높은 사람과 낮은 사람의 격차는 단거리에서는 별 차이가 없다가 중·장거리나 마라톤으로 가면 그 격차가 계속 벌어진다. 둘의 차이는 스트레스 처리 능력이다.

회복탄력성이 낮은 사람은 지속적인 스트레스로 탈진 상태에 쉽게 빠지고, 감정적으로도 고갈되며, 면역성이 저하되기 때문에 질병에도 잘 걸린다. 반대로 회복탄력성이 높으면 지속적인 스트레스를 어느 정도는 잘 감당할 수 있다. 도전적 상황에서도 체력적·감정적·인지적으로 좀 더 빨리 회복되기에 계속 스트레스에 머물면서 신체와 관계가 망가지는 것에서 벗어날 수 있다.

* 위키백과

회복탄력성이 높다는 것은 스트레스나 역경을 겪지 않는다는 뜻이 아니다. 그런 상황에서도 무너지지 않고 문제를 잘 다루고 처리할 수 있는 잠재력을 많이 보유하고 있다는 뜻이다. 물론 회복탄력성이 높은 사람도 고강도의 스트레스를 오랜 기간 받으면 악영향을 받을 수 있다. 그래서 휴식과 재충전이 필요하다. 용량이 큰 배터리가 용량이 작은 배터리보다 수명이 길더라도 영구적일 수는 없는 것과 비슷하다.

* 『나와 우리 아이를 살리는 회복탄력성』,「2장 회복탄력성의 방해물, 우리 몸과 마음을 탈진시키는 스트레스」, 최성애 박사(2014)

혼자
해보기

　　제니가 초등학교 5학년이 될 때 처음으로 혼자 기차를 타고 대구에 다녀왔다. 긴장을 잔뜩 하고 기차를 탔다. 동성로를 지나서 서점도 가보고 혼자 맛있는 것도 사 먹고 예쁜 옷들도 구경하고 집으로 돌아왔다.

　　다녀온 이야기를 쏟아내는데 마치 전쟁에서 승리하고 돌아온 개선장군처럼 신이 나서 영웅담을 그려냈다. 나도 그 길을 다 알고 있는데 말이다. 혼자의 시간은 다른 눈으로 보게 되는 모양이다. 그래서 그 기억이 더욱 소중한 것이 되는 것 같다. 주말이면 또 어디를 도전해볼까 하고 기다리는 눈치였다. 그렇게 몇 번을 더 대구행을 하더니 대전도 가보고 서울도 가보고 부산도 가보고 점점 영역을 넓혀갔다. 기차에서 고속버스로 도전하고, 지하철에 시내버스에 지역마다 이동해야 하는 교통수단들은 다 경험하고 돌아왔다.

　　마침내 미국도 혼자 가게 되었다. 만13세의 아이를 13시간 비행에 태워 보내는데 왜 걱정이 없었을까. 나도 엄만데. 긴장되고 울컥거리고 염려가 한가득이었지만 기차 타고 처음 대구를 가던 그때를 떠올리며 애써 참고 "잘 다녀와." 하고 승무원 손에 인계하여 출국장에 들여보냈다.

혼자 기차를 태워서 보낼 때도 "걱정되지 않아? 세상이 얼마나 무서운데…. 제니 엄마는 어떻게 그렇게 냉정해?"부터 나를 마치 신데렐라 엄마인 듯이 말하는 사람들도 많았다. 신념이라고 할 것도 아니고, 냉정하다고도 아니고 나는 아이가 더 크게 성장할 거라는 믿음이 있었다. 그리고 혼자 해낼 수 있다는 아이의 의지를 본 적이 많았다. 엄마가 내 아이를 믿지 않으면 누가 내 아이를 믿어 줄 것인가? 스스로 해결하고 실패하더라도 해낼 줄 아는 것보다 더 좋은 교육은 없다고 생각했다. 작은 실천 하나하나들이 아이에게는 자신감이 되고 도전을 하게 되는 원동력인 것이다. 언제나 능력의 한계에 도전하고 알지 못하는 세상에 대해서 영역을 넓혀가면서 아이는 자신의 세상에 주인공이 되어간다.

언젠가는 제니가 만든 세상에 내가 들어가서 조연이 될 거란 기대도 한다.

자립심을 강하게 키우기

인정하기란 있는 그대로 받아들이면서 피드백을 주는 것

자녀를 인정한다는 것은 사람에 대한 평가를 배제하고 아이가 자신의 감정과 생각을 당신과 공유하도록 이끄는 것이다. 또한, 의심하거나 반박하지 않고 자녀의 감정이 옳거나 틀리다고 말하지 않으면서 그것이 자연적인 감정이라고 안심시켜주는 것이다. 그리고 그러한 감정을 털어놓은 후에도 자녀를 여전히 인정한다는 것을 보여주고, 당시 상황에 대한 자녀의 견해를 존중한다는 것을 알려주는 것이다. 자녀가 부모가 자신이 표현한 감정을 바탕으로 자신의 이야기를 들어주고 인정해주며 이해해준다고 느끼도록 하는 것이다. 그러한 감정을 비웃거나 거부하지 않는 것이다. 아이들은 인정받음으로써 자신이 어떤 감정이나 생각을 가지든 이해받고 사랑받는다는 것을 깨닫는다. 인정받는 아이들이 얻는 것은 돈으로도 살 수 없다

자유방임형 육아는 인정하기가 아니다

인정하기는 자식이 원하는 대로 제멋대로 행동하게 내버려두거나 규칙, 제약, 또는 책임의 소재를 분명히 정하지 않고 풀어놓는 것이 아니다. 규칙과 제약이 있는 상태에서 자녀의 감정을 인정하는 것이다. 자녀의 생각에 동의할 필요는 없다. 인정하는 부모는 선을 분명히 그을 줄 알며, 인정하기의 훈육법을 활용할 줄 안다.

아이들의 정서적 안정감은 아이의 감정을 이해하는 것으로부터 시작된다

부모의 신경을 건드리려고, 규칙을 깨려고, 난동을 부리려고 작정하고 머리를 굴리는 아이들은 없다. 정말 화가 나지 않는 한 공격적이고, 거짓말하고, 물건을 깨부수거나 부모를 괴롭게 만들기를 바라는 아이는 없다. 아이들은 평화롭고 안정적인 가정환경 속에서 사랑받기를 원한다. 그들의 행동은 대개 사랑받지 못하고, 이해받지 못하거나 불안하다고 느낄 때 나온다. 아이들에게 '안정'은 부모나 양육자와의 확고한 유대감을 의미한다('안정 애착').

때로 아이들의 눈물, 성질 부리기, 공격적 행동은 북받치는 감정을 관리할 줄 모르기 때문에 발생한다. 신경이 예민한 아이의 경우 신체적 감각에 어찌할 바를 모르기도 한다. 양말 때문에 간지럽다거나 풀어진 솔기가 성가시게 하는 것을 견디지 못하는 아이가 있다고 치자. 다른 사람이 그것을 이해하지 못할 때 그 아이는 자신의 경험과 타인의 시선 사이에서 고통을 겪는다. 어떤 경우, 자신의 감정을 무엇이라 꼬집어 말하지 못하는 아이들도 있다. 아마도 감정이 앞선 나머지 명확하게 사고하지 못하거나 아직 자신의 감정을 정의하는 법을 모르기 때문일 것이다.

내 아이를 인정하기부터가 먼저 되어야 아이는 자신감을 키우고 자립심을 형성해 갈 수 있다.

* 『인정하기의 힘 자립심이 강한 아이로 키우는 방법』, 카린 홀, 멜리사 쿡 공저, 허수진 역(2012)

✳ 금수저 vs 흙수저

최근 들어서 많이 하는 말 중에서 금수저, 흙수저가 있다. '태어나보니 재벌', '금수저를 입에 물고 태어났다' 등 경제적인 어려움에서 나온 신조어라고 할 수 있다.

화려하게만 보이는 연예인 중에서도 과거에 가난했던 시절, 불완전한 가정환경부터 여러 모습의 어려움이 소개되기도 했다. 보이는 겉모습으로 '저 사람은 금수저일 거야.' 했던 몇몇의 사람들도 어려움을 극복하기 위해서 안 해본 일이 없을 만큼 다 하고 이겨낸 이야기들은 여러 채널을 통해서 소개되기도 한다.

나의 겉모습을 보면서 살림할 줄도 모르고, 밥도 할 줄 모르고 어렸을 때 아주 공주처럼 살았을 거라고 말하는 사람들이 여럿 있다. 나는 딸 넷 중에 막내이다. 내 나이 지천명, 유추해 볼 수 있을 것이다. 내 어머니의 시대에 딸이 넷이었다면 어머니는 어떤 어려움을 겪었을지…. 아버지는 딸이 줄줄이 넷이 있는 집을 박차고 나가버리고 그 감당은 고스란히 어머니의 몫이었다. 나는 초등학교 입학 전에 새 옷은 엄두도 낼 수 없었다. 허리띠는 구멍이 여러 개 뚫려있는 언니들의 허리띠를 물려받아야 했다. 가방도 언니들이 돌려가며 사용했던 가방이 내 차례가 되었을 때 새것마냥 좋아하고 내 것이 생긴 것을 기뻐하며 자랐다. 어쩜 그 어릴 때는 모두가 다 이렇게 사는 줄 알았을 것이다.

어머니는 늘 일을 하러 나가셨기 때문에 나는 외할머니와 시간을 많이 보냈고, 언니들은 고등학교를 졸업하면서 살림에 보탬이 되려고 바로 취업을 하러 떠나 앳된 모습에 유니폼을 입어야 했다. 막내인 나는 언니들의 빈자리를 대신해야 했고, 외할머니를 도와서 밥도 하고, 빨래도 하고, 청소도 하고, 공부도 했다. 대학교에 꼭 가고 싶었던 나는 차마 4년제 대학에 가겠다는 말은 못하고, 전문대라고 나와서 바로 취업하겠다고 설득하여 그렇게 유아교육과를 갈 수 있었다. 어릴 때를 기억하면 참 힘들었고 슬펐던 기억도 있지만, 가족을 생각하는 사랑이 늘 넘쳐났었다. 그 사랑을 알기에 우리는 누구라고 할 거 없이 각자의 위치에서 최선을 다해서 살았고, 견뎌냈다. 지금 나는 어린이집 원장으로서 25년을 지내고 있다. 참으로 열심히 치열하게 지내왔다. 물려받은 재산도 없고 숨은 땅도 없었지만, 열심히 내 일을 지켜오면서 가족들과의 노력으로 마냥 흙수저일 것 같았던 내 삶이 조금씩 바뀌었다.

나는 흙수저일까? 금수저일까?

어떤 색깔이든, 어떤 재질이든 상관없이 나에게 주어진 인생에 최선을 다하고 극복하면 내 마음만큼은 금수저가 될 것이다.

아이를 외국에 보낸다고 해서 모르는 사람들은 아마도 나를 금수저라고 생각할지도 모르겠다. 절대 나는 경제적인 금수저가 아니다. 정보력과 사람(나를 알고 지내는)으로 따지자면 나는 금수저인 게 분명하다. 최대한 아끼고 좀 더 효율적인 방법을 찾아서 내 아이를 외국 대학에 보낼 수 있었다. 마음의 부자인 나는 곧 내 주머니도 **빵빵**하게 채워질 것이라고 기대하고 있다. 태어났을 때부터 금수저는 채워가는 이 흙수저의 마음을 알지 못할 것이다.

그렇게 오늘도 나는 흙띠를 걷어내고 있다.

이미지
메이킹

기업에서는 CEO들의 이미지가 상품 가치를 높인다고 해서 전문가들로부터 이미지 메이킹을 받는다. 또, 정치를 하는 국회의원들도 국민들에게 좋은 인상을 보이기 위해 이와 같은 노력들을 한다.

피부색이 어두운 사람들은 와이셔츠와 넥타이를 흰색에 푸른 계열로 하고, 피부가 밝은 사람은 붉은 계열의 넥타이로 매칭을 시킨다. 헤어스타일이 동안으로 만들게 하는 결정적인 요인이 되기 때문에 언제부터인가 남자들이 짧은 머리에 파마를 많이 한다. 이뿐만 아니라 의상에도 많은 변화가 생겼다. 캐주얼하게, 신사답게, 맞선을 볼 때 등등 여러 경우에 맞게 옷차림에도 신경을 쓴다. 나도 헤어스타일에 변화가 생기면 그에 따라 옷차림이나 걸음걸이도 달라지기도 한다. 기분이 달라졌기 때문이다. 사람들은 사소한 변화에도 즐거움을 느끼고, 변화된 자신을 누군가가 알아주길 원한다.

이미지 메이킹은 유명한 사람들만 필요한 게 아니다. 엄마들도 이제는 이미지 메이킹이 필요하다. 아이들이 자라면서 엄마들은 나이 들어간다. 아이들은 엄마와 소통을 긴밀하게 해야 하는 사람 중에 가장 중요한 사람이다. 아이들의 언어와 유행하는 놀이, 좋아하는 연예인이나 최근에 관심 있어 하는 부분들까지도 함께 알고, 대화를 나누는 센스를 갖출 필요가 있다. 그러기 위해서는 엄마들의 이미지에도 변화는 있어야 한다. 그들과 감성을 공유할 줄 알아야 한다.

스마트 폰이 바뀔 때면 가장 귀찮기도 하고 두렵기도 하다. 얼마나 복잡한 기능이 생기는지 있는 기능 한번 제대로 사용하지 못하고 또 새로운 스마트 폰으로 바꿀 때가 많다. 우리는 그다지 사용하지 않는 기능들인데 아이들은 새로운 스마트 폰을 손에 드는 순간 미리 알았던 것처럼 척척 해내고 머뭇거리는 엄마들에게 잘난 척을 한다. 이전에는 새로운 기기들의 사용설명서를 제대로 읽지도 않고 포장을 바로 뜯어서 사용을 잘했다. 이제는 내 손에 들고 다니는 스마트 폰의 다양한 기능을 익히기 위해서 사용설명서도 꼼꼼히 읽어보고, 판매하시는 분의 설명도 귀담아듣고, 인터넷으로 기능을 검색하기도 한다. 아이에게 뒤처지는 모습을 보이고 싶지 않기 때문이다.

엄마는 너와 늘 언제나 대화할 준비가 되어있고 언제나 너의 이야기로 소통할 수 있음을 보여줄 수 있음을 알려주려고 한다. 그래서 우리도 이미지 메이킹이 필요하다. 지금이 그 시기이다.

이미지 메이킹이란

　사전적 의미로는 다른 사람이 어떤 대상을 보거나 생각할 때 갖게 되는 인상을 의도적으로 만들어 내는 일을 말합니다.

　사람이 상대방을 처음 볼 때 첫인상으로 사람을 1차적으로 판단하는데 이에 걸리는 시간이 3초밖에 되지 않는다는 사실 알고 계시나요? 첫인상은 소통의 시작점이라 해도 과언이 아닙니다. 또한, 평소의 성격, 생활 환경이 인상으로 묻어나기에 첫인상은 더욱 중요시되고 있습니다. 첫인상은 일관성을 유지하려는 심리로 인하여 타인에게 한번 박힌 인식은 쉽게 변하지 않으며, 작은 장점 여러 가지를 강조하기보단 큰 장점 하나를 강조하는 것이 더 효과적으로 좋은 인상을 남길 수 있습니다.

　이렇게 좋은 인상을 심어주는 방법이 이미지 메이킹의 한 방법입니다. 이미지 메이킹은 자신의 긍정적인 요소를 말을 잘하는 것을 넘어 말에 감성과 진심을 담아 상대방에게 전달하는 것이며, 이렇게 타인과 커뮤니케이션을 하는 방법은 이미 성공의 한 요소로 손꼽히고 있습니다. 이미지 메이킹은 현재 삶을 살아가면서 굉장히 필요한 부분으로, 가족관계부터 시작하여 사회생활까지 많은 영향을 미칩니다. 흔히 면접 자리에서 더욱 그 진가를 발휘하지요. 그렇기에 본인의 이미지에 대하여 고민하고 고쳐나가려는 노력이 중요합니다.

*   이미지 메이킹의 중요성 알아보기- 한국교육검정원

〈이미지 메이킹 잘하는 10가지 방법〉

1. 열린 마음을 가져라

    닫힌 마음으로는 상대와 진솔하고 싶은 관계는 물론이고, 좋은 이미지도
    형성할 수 없다.

2. 첫인상에 승부를 걸어라

    한 번 잘못 보이면 상대방의 기억 속에 오래도록 각인되어 이미지 회복이
    어렵기 때문에 첫인상은 대단히 중요한 결과로 직결된다.

3. 외모보다는 표정에 투자하라

    잘생기고 예쁜 외모가 중요한 것이 아니라 밝고 깔끔한 표정과 환한 미소
    가 상대방에게 좋은 이미지를 심어준다.

4. 자신감을 소유하라

    자신감이 없는 사람은 상대에게 신뢰감을 심어주기 힘들고, 당당하고 야
    무진 모습은 상대에게 설득과 신뢰감을 안겨준다.

5. 열등감에서 탈출하라

    자신감을 위축시켜 포기하고, 실패의 나락으로 떨어트리는 것이 바로 열
    등감이다. 열등감을 극복해야 인생의 성공과 좋은 이미지를 형성할 수 있
    기 때문에 자신의 열등감을 극복하고 나아가 이용하여 성공의 무기로 사
    용해야 한다.

6. 객관적인 '나'를 찾자

진정한 자아를 발견하게 되면 상대방에게 진솔한 나의 모습을 있는 그대로 생생히 전달할 수 있다. 이것은 나의 장단점을 객관적으로 파악하고 보완하여 강화해 나간다는 뜻이기도 하다.

7. 자신을 목숨 걸고 사랑해보자

흔히 말해 자존감이 높은 것이라 하는데, 자신을 진정으로 사랑하는 사람만이 타인도 진정으로 사랑할 수 있다. 나를 아끼고 남을 아낀다면 좋은 이미지와 대인관계를 따라올 수밖에 없다.

8. 자기 일에 즐겁게 미쳐보자

자기 일을 즐기고 멋지게 해결하려는 사람은 누가 봐도 멋지고 매력적이다. 즐거운 일을 하지 않는 사람의 표정은 어둡고 좋지 못한 이미지를 심어준다.

9. 신용 및 신뢰를 쌓자

시간 약속과 말의 무게를 중요하게 여기자. 말이 가볍고 신뢰, 신용이 없는 사람은 좋은 이미지를 심어주기가 힘들다. 쌓여가는 신용은 올바른 이미지 메이킹의 지름길이다.

10. 공감소통의 기술을 키우자

　　대인관계와 이미지 메이킹의 소통능력은 개인의 성공과 공동체의 목표를 달성하는데 필수이다. 공감소통의 노력은 노력과 훈련을 통해 키울 수 있고, 그러한 능력이 대인관계의 성공과 이미지 메이킹의 성공을 가져올 수 있다.

＊　대인관계의 시작, 이미지 메이킹의 중요성, 산소 블로그

나도
엄마는
처음이다

　　외할머니가 돌아가시던 날 나는 너무나 큰 충격에서 벗어날 수가 없었다. 나를 늘 반겨주시던 할머니는 엄마 대신이었기 때문이다. 다른 사람은 몰라도 우리 할머니는 죽음도 비껴갈 거란 막연한 기대가 있었다. '할머니가 왜 죽어, 내가 이렇게 있는데…' 내 마음속의 소리가 들렸다. '나의 커가는 걸 지켜보고 도와줘야지, 할머니가 없으면 나는 어떡하라고…' 하는 원망의 소리가 커져갔다. 며칠간의 장례가 치러졌고, 우리는 점점 일상을 찾아가기 시작했다.

　지금은 외할머니를 사진으로 추억하고 있다. 어머니도 외할머니의 죽음으로 인한 상실감이 컸다는 것을 훗날에야 알게 되었다. 나의 감정이 너무 앞서있던 터라 차마 어머니의 감정을 들여다볼 겨를이 없었다. 자식이 아파하는 모습을 보고 어머니는 자신의 아픔을 드러내지 못했다는 걸 너무 늦게 알았다. 외할머니는 어머니에게는 삶을 버티게 해준 기둥 같은 존재였는데 그 기둥이 무너졌을 때 어떻게 이겨냈을지 상상도 가지 않는다. 하지만 내가 더 힘들어했기 때문에 어머니는 그저 나를 위로하고 일상생활을 찾아주기 위해 괜찮은 척 씩씩한 척을 했던 것이다.

이런 모습이 엄마다.

내가 엄마가 되던 날 아이를 품에 안으면서 기도를 했다. 건강하고 사랑스러운 아이로 자라게 해달라고 내 품에 쏙 들어온 아이를 안고 간절한 마음으로 기도를 했다. 또, 나도 엄마가 처음이라 어떻게 해야 할지 모르는 게 너무 많아서 실수도 하고, 화도 내고 그렇게 분명했기 때문에 걱정스러운 마음에 내 기도는 더더욱 간절해졌다. 내가 어렸을 때는 엄마는 모르는 게 없고 말만 하면 뚝딱 해내는 만능 손이었고, 죽음도 비껴갈 거라고 생각했다. 내 아이도 엄마에 대한 믿음과 기대가 클 것이다. 딸에서 엄마로 이름이 하나 더 생기면서 걱정했던 일들이 사실이 되면서 여러 시행착오를 겪었다. 제일 힘들었던 결정이 아이의 자퇴였다. 이전에 경험해보지 못한 결정을 해야 할 때 여러 경우를 가정해서 고민하고 기도하기를 수없이 반복하고 결정했었다. 결

코, 쉽지 않았다. 그 순간 나는 '나는 엄마다. 엄마이기 때문에 아이에게 합당한 결정을 해야 한다'라는, 오로지 그 생각으로 판단했다.

큰 결정을 내리던 그 날 학교 교문을 나오면서 더 이상 교복을 입고 같은 생각을 하지 않아도 되는 아이의 미래를 상상하게 되었다. 엄마가 처음이어서 서툰 부분도 많지만, 엄마이기 때문에 내 아이에게 상상하는 미래를 주고 싶다. 앞으로도 나는 그럴 것이다.

왕따의
성장

　　제니가 초등학교 5학년, 6학년이 되던 시기에는 반전의 연속이었다. 친구들이 떼를 지어 몰려다녔는가 하면 철저히 외면당하기도 했다. 나도 어떻게 도와줘야 할지 참으로 어려웠던 시간이 있었다.

　제니를 왕따시킨 주모자인 아이를 집으로 초대를 했었다. 아주 해맑은 얼굴의 예쁜 아이였다. 간식을 함께 나눠 먹고 이야기를 풀어갔다. "왜 너는 제니를 싫어하니? 너를 혼내려는 게 아니라 궁금해서 그런 거야. 이유가 뭘까?"라고 내가 먼저 질문을 했다. 그 예쁜 아이는 표정의 변화도 없이 해맑게 "그냥요, 그냥 싫은데요?"라고 답했다.

　"그럼 오늘은 왜 온 거니?"

　"그냥요, 심심해서요."

　고민도 없이 그냥이라는 말만 내뱉었다. 도대체 왜 아무 생각도 없이 그냥, 심심해서 또래들을 선동해서 왕따를 주동하고, 또 그냥 아무 사람들과 어울리고 사실과 다른 이야기들로 아이들을 힘들게 했다. 그게 재밌다고 했다.

　언제부터인가 우리 사회는 '그냥' 때문에 힘들어하는 아이들이 생겨나기 시작했고, 심하게는 극단적인 선택을 하는 사건들도 생겨났다. 그 아이를 따르는 아이(이전에는 친했던 아이)가 살짝 다가와서 그랬다.

저 아이의 말을 듣지 않으면 자기를 왕따시키고 아는 선배들한테 일러서 다치게 한다고도 했다는 것이다. 또 제니는 잘하는 것도 많고, 똑똑하고 그런 모든 게 마음에 들지 않기 때문에 좀 괴롭혀도 문제없다고 했다는 것이다. 아이들이 병들어가고 있다. 옳은 것과 그른 것을 판단하지 못하는 어른들이 잘못된 모습을 여과 없이 너무 많이 노출시켜서 판단력이 흐린 아이들이 답습하고 있다.

　제니가 초등학교 고학년이 되면서 이런 순간들이 반복되어 '문제가 뭘까?' 하고 고민을 참 많이 했었다. 냉정하게 현실적인 판단을 하는 제니의 말과 행동들이 또래답지 못한 차이에서 친구들은 싫었겠다는 생각도 들었다. 또, 친구들 입장에서는 노력하는 것처럼 보이지 않는데 성적이 잘 나오는 것도 싫었겠다고도 생각해 보았다. 늘 앞장서서 칭찬받는 제니가 피해를 주지 않지만, 그것만으로 미웠겠다는 생각했다. 그런 상황을 지켜보면서 나의 어릴 적 모습이 투영되었다. 가난했던 나의 초등학교 시절에는 예쁜 원피스를 입고 오는 부잣집 아이가 나도 모르게 부러움에서 미움의 대상이 되어있었고, 말다툼 한 번 한 적도 없었던 그 아이는 성격이 까칠한 아이가 되어있었다. 나의 마음이 그 아이를 삐뚤게 만들어 버렸다. 아마 제니도 나의 미움이 만든 그 아이가 되어버린 게 아닌가 하는 생각이 들었다. 나의 의도와는 상관없이 보이는 모습으로 상대방을 판단하는 어리석음이 판단력을 흐리게 했고, 아이들을 병들게 하는 것 같다.

　한 번 더 그 아이를 초대했다. "지금도 여전히 제니가 그냥 싫은 거니?" 하고 물었다. "지금은 별로…." 무관심하듯이 대답했다. 여전히 대답은 무미건조했다. 나는 차분히 말을 이어갔다. "사람은 누구나 환경이 다르고, 부모님의 가르침도 다르고, 배경도 다 다르단다. 내가 정해놓은 정답에 들어오는 사람만 내 편으로 만들기는 너무 다양한 사람이 많아. 그러니까 제니와 너는 다른 사람이란 걸 인정하면 편해질 거야."라고 말을 했다. 이해를 하든, 안하든 나는 이렇게 말을 했다.

그럼에도 불구하고 제니는 리더십이 흔들리지 않으려 했고, 의지는 더욱 강해졌다. 초등학교 6학년 때 선생님께서 2학기 상담을 하면서 "제니는 6학년 답지 않고 저도 가끔 눈치가 보여요."라고 말씀하셨던 기억이 생각났다. 왕따의 경험을 반복하면서 마음의 상처도 있었지만, 이겨내려는 마음으로는 스스로 단단해졌던 모양이다. 제니는 앞으로도 살아가면서 수많은 '그냥'과 '별로'를 만날 것이다. 어릴 때의 기억처럼 힘들어하지 않고 '그냥'과 '별로'에 대처하고 그들과도 함께 어우러져 가면서 내적 성장이 이루어질 것이다.

대학교를 졸업을 앞둔 제니는 다양한 나라, 나이도 제각각인 다른 수많은 사람 사이에서 생활하고 있다. 그 안에도 '그냥'과 '별로'는 있을 것이다. 하지만 다름을 인정하고 '그럴 수 있다.'라고 이해하며 지낸다. 안 좋은 모든 경험이 다 나쁘다고 말할 수는 없는 것 같다. 한 걸음 도약하는 데 발돋움 역할을 하는 것이기 때문이다.

왕따, 집단따돌림을 대처하는 5가지 방법

1. 자녀와 대화를 통해서 충분하게 공감과 지지를 해주셔야 합니다.

   아이와 대화 시간을 갖는 것은 정말 중요합니다. 대화를 통해서 학교생활과 친구 관계를 유추해보는 것이 정말 중요하니 꼭 신경 써주셔야 합니다. "우리 ○○, 정말 혼자서 많이 힘들었겠구나. 엄마가 도와줄게." 등 공감과 지지의 말로 아이를 충분하게 위로해 주세요. 그럼 우리 친구들이 마음의 치유되고 회복하는 것에 많은 도움이 됩니다.

2. 따돌림과 폭력을 당하는 아이에게는 원인이 있다는 생각을 하지 마세요.

   왕따를 심리적인 질병으로 취급하여 치료에만 급급한 경향이 있습니다. 왕따나 폭력은 사회 곳곳에 숨어있는 다양한 문제에서 비롯되어 있습니다. '피해를 당하는 사람들에게도 문제가 있겠지.' 하는 생각은 절대 해서는 안 됩니다. 그와 같은 말은 자녀에게 심리적으로 많은 위축과 자존감을 저하시키는 것입니다.

3. 심리적으로 안정감을 주며 차분하게 대화를 해야 합니다.

   아이들은 부모님께 혼날지도 모른다는 생각을 하며 말을 해도 해결이 될 수 없다는 불안감을 가지게 됩니다. 그렇기 때문에 우리 아이들을 다그치는 것보다 아이의 말을 끝까지 들어주고 마음을 열 수 있도록 따뜻하고 차분한 말로 대화를 이끌어주세요.

4. 사건 상황에 대한 증거 자료를 확보하셔야 합니다.

   피해 사실을 명확히 하고 육하원칙에 맞춰 사건 정황을 정리하고, 문자메시지, 메일, 진단서나 증거 등을 될 만한 자료들을 준비하셔야 합니다.

5. 담임교사 또는 전문기관에 학교폭력 상황을 알리고 도움을 요청해야 합니다.

   시간이 흐를수록 분명 상황은 악화될 것입니다. 무엇보다 아이가 중요하니 우리 친구들의 기분을 수시로 살피는 것이 중요합니다.

* 왕따를 대처하는 5가지 방법, 상상코칭 블로그

꾸중 들은
날

제니가 늘 칭찬만 듣는 것이 아니다. 고집을 피우거나 짜증을 부렸을 때는 여지없이 혼이 나는 상황들이 있었다. 얼굴 보고 야단을 치려고 몸을 돌려서 앉히면 처음 있었던 자세로 돌아앉는 아주 미운 짓도 많이 했다. 제니는 자기가 잘못을 인정해야만 엄마가 꾸짖는 것을 받아들이는 아이라서 내가 먼저 화가 오르면 지게 되는 모양이 된다. 그래서 평정심을 유지하고 이 아이를 대해야 했다. 잘못한 상황을 설명하고 본인이 스스로 잘못했다고 말하도록 하는 것이 중요했다. 아이보다 가끔 내가 먼저 발끈해서 화를 낼 때도 있었지만, 아이 앞에서 반드시 침착함을 유지해야만 했다.

성격과 기질에 맞게 꾸지람도 달라야 한다. 본인의 행동이나 말이 다른 사람에게 상처가 된다는 사실을 알았을 때 바로 인정하고 반성할 수 있도록 하는 것이 필요하다. 인정하지 못할 때는 '입장 바꿔 놓고 생각하기'의 시간을 주어야 한다. 아이의 태도에 따라 엄마들이 바뀌면 절대로 행동을 수정할 수가 없다. 일관성 있는 태도로 아이늘을 지도해야 한다.

제니의 언어가 유창해지기 시작하자 잘못한 행동들에 이유가 생기고, 변명거리가 자꾸 생기면서 정당하다는 논리를 펴기 시작했다. 그 이유들에 엄마가 지게 되면 그다음이 어려워진다는 걸 알기에 단호함이 필요했다. 나는 일반 상식 정도의 사회적 통념에 관해서 이야기하기 시작했다. "너의 입장은 잘 들었어. 하지만 살다 보면 모든 사람이 약속을 정하지는 않았지만 그게 옳다고 하는 것들이 있어. 우리는 그것을 따라야 남들에게 피해를 주지 않고 어울려 살면서 자연스럽게 남을 이해하게 되는 게 있어. 그걸 따라주면 좋겠어."라고 연설을 한다. 나는 최선을 다해서 제니가 그런 사회적 통념을 이해하기 바랐다. 그러나 나의 시선으로 아이를 바라보았기 때문에 늘 문제는 제자리였다. 버릇을 고쳐야 한다고 생각했기 때문에 나의 관점에서 아이를 꾸중하고, 나도 화를 내고 그랬다. 고작 아이는 9살인데도 말이다. 돌아보면 철저히 내 중심의 꾸중으로 아이가 화내는 방법을 모르게 만들었을지도 모른다는 생각도 해보게 되었다.

아이를 꾸중하고 혼낼 때에는 내 감정보다 아이의 입장에서 이해하고 엄마의 감정을 다스리는 어른스러움이 필요하다.

기회는
준비된 사람에게
찾아오는 것이다

　　페이스북이나 각종 SNS를 통해서 다른 사람의 삶을 보게 된다. 요즘은 유튜브를 통해서 자신의 삶을 공유하고 알리는 사람들도 굉장히 많이 늘어났다. 그 속에는 내가 닮고 싶은 사람, 내가 되고 싶은 사람, 내가 흉내 낼 수도 없는 사람 등 정말 다양한 사람들의 이야기를 볼 수 있다. 그중에서 내가 가장 부러운 사람이 다양한 언어를 구상하는 사람들이다. 그다음이 멋진 연주를 자랑하는 사람들이다. 어쩜 저 사람들은 몇 개의 언어를 사용할 수 있는지, 또 어쩜 저렇게 멋질까 부러움의 감탄사를 내뱉는다. 어떤 이가 혼수상태에서 깨어나 중국말을 하고, 영어를 하고 이런 기적적인 이야기들이 아닌 이상 얼마나 노력을 했으면 하고 존경과 놀라움이 뒤섞인 한숨도 나온다.

　지금이 내 삶 중에서 가장 젊을 때라고 하지만 막상 도전하기가 두렵고 겁이 난다. 그건 분명 실패에 대한 두려움이고, 어려울 것이란 것에 대한 염려이다. 도전하기도 전에 나는 먼저 걱정이 앞서고, 어려운 과정에 돌입하면 먼저 손을 놔버리게 된다. '분명 이것 말고 더 쉬운 길이 있을 거야' 하고 포기해버리는 것이다. 그래서 어쩜 내게도 기회가 왔지만 모르고 지나쳐 버린 줄도 모르겠다. 왜냐하면, 나는 준비가 되어있지 않았기 때문이다.

끈기없는 나와는 다르게 제니는 내가 되고 싶은 그 모습으로 준비가 되어있었던 것 같다. 언어의 장벽을 넘을 수 있는 준비, 언제 어디서나 연주가 가능한 악기 연주 실력 그리고 두려움보다 도전하려는 의지가 남달리 컸던 아이다.

글로벌 시대가 원하는 인재가 바로 제니처럼 준비된 사람들을 말하는 것이 아닐까 생각한다. 엄마이기 때문에 지지하고 응원하지만, 같은 여자의 인생으로 본다면 충분히 매력 있는 삶에 도전하고 있는 그녀가 멋져 보인다. 과연 나도 20살로 돌아간다면 제니처럼 할 수 있을까 생각해 본다. 기회가 와도 그것을 기회로 느끼지 못하는 삶이 아니라 언제나 기회로 만들어 도전하고, 내 것으로 이루어내는 것이 진정으로 성공하는 삶이 아닐까 생각한다.

이모들이 하는 말이 "제니가 하면 잘할 수 있지."라는 말을 많이 한다. 마치 복권을 긁어도 제니만큼은 꽝이 없을 것처럼 여긴다. 행운권 추첨이나 보물찾기에 한 번도 당첨된 적이 없었는데 제니는 항상 이름이 불리는 행운아였다. 긍정적으로 생각하고 늘 의지가 활활 타올라서 행운이 따라다니는지 모르겠지만, 분명한 건 언제나 목표와 기대치가 정해져 있었다. 이루기 위한 노력들이 있었기 때문에 제니가 만들어 가는 기적은 어떤 모습일지 상상을 할 수가 없다.

우리가 1등을 할 수 없다고 낙오자가 되는 것이 아니다.

적어도 1등의 삶을 따라 해보면서 2등이나 3, 4등으로 살아도 충분한 가치는 있는 것이다. 1등을 향해 나아가는 도전이 필요할 것이다.

에필로그

　　지난해부터 트로트의 바람이 불기 시작하면서 각종 TV 프로그램에서는 트로트 가수들의 인생 이야기와 그들의 노래를 들을 수 있다.

　　오디션에서 우승을 한 사람들은 대부분 긴 무명의 시간을 보낸 사람들이었다. 노래 실력은 대단했고, 귀에 쏙쏙 박히는 음색이 TV 앞에서 멈춰 서게 했다. 긴 무명의 시간 동안 갈고닦은 실력이 있었기 때문에 마침내 생긴 기회에 도전하고 이뤄내는 이야기는 충분히 감동적이었다.

　　누구나 사람들에게는 무명의 시간이 있다. 무명의 시간은 준비하는 시간이다. 실력을 쌓고 인내하는 훈련의 시간이다. 남들과는 조금 다른 선택을 하는 아이들에게, 부모님들께 우리가 무명의 시간을 대하는 자세에 대해 나누고 싶었다. 학교 밖 아이들이 얼마나 다양한 꿈을 키우고 많은 상상을 하고 도전하는지 알려주고 싶었다. 아이들은 자신들이 어떤 가능성을 갖고 있는지, 어떤 것을 잘하는지 인지하지 못하고 시간표대로 따라가는 경우가 더 많다. 시간표를 따라가더라도 그 시간의 주체자가 되도록 힘을 길러주어야 한다. 나는 20살이 된 제니가 앞으로 어떤 길을 가게 될지 알 수는 없다. 내가 알고 있는 것은 그 길을 제니는 만들어 간다는 것이다. 그 길을 묵묵히 나아가는 제니를 위해 나는 협조하고 지지하고 의견을 낼 뿐이다.

위험한 돌부리를 먼저 치워주는 것이 아니라 스스로 걷어내든지, 돌아가든지 방법을 찾아내고 해결해나가는 힘을 키워주어야 한다. 그러기 위해서는 부모와의 긍정적인 애착이 형성되어야 한다. 무한한 신뢰로 늘 내 아이의 의논 상대가 되어야 하고, 도움을 요청할 수 있는 보물 같은 자료들이 풍부해야 한다.

내 아이가 일생일대의 중요한 선택을 하게 된다면 남들을 의식하거나 사회적 분위기에 따라 결정하는 것이 아니라 지극히 내 자녀의 입장에서 결정하는 중심이 서 있기를 바란다.

엄마니까 말이다.

학교 밖 아이! 꿈꾸는 아이!

펴 낸 날   2020년 7월 10일

지 은 이   김태순
펴 낸 이   이기성
편집팀장   이윤숙
기획편집   윤가영, 정은지
표지디자인   윤가영
책임마케팅   강보현, 류상만
펴 낸 곳   도서출판 생각나눔
출판등록   제 2018-000288호
주   소   서울 잔다리로7안길 22, 태성빌딩 3층
전   화   02-325-5100
팩   스   02-325-5101
홈페이지   www.생각나눔.kr
이 메 일   bookmain@think-book.com

- 책값은 표지 뒷면에 표기되어 있습니다.
  ISBN   979-11-7048-115-7(03810)

- 이 도서의 국립중앙도서관 출판 시 도서목록(CIP)은 서지정보유통지원시스템 홈페이지(http://seoji.nl.go.kr)와 국가자료공동목록시스템(http://www.nl.go.kr/kolisnet)에서 이용하실 수 있습니다(CIP2020026197).